사랑은
시를
만들고

염규식 시집

시음사
시사랑음악사랑

첫 시집을 출간하면서

오늘의 모든 기쁨과 결실에 대해, 먼저 우리 하나님께 그 영광을 돌립니다. 시집이 나오기까지 이끌어 주신 김락호 이시장님과 수고하신 출판부 직원님들에게 감사를 드립니다. 그리고 함께 문학 활동을 하면서 격려와 배려로 큰 힘이 되어 주신 대한 문인협회 문우님들에게도 감사를 드립니다.

처음으로 발표하는 시집출간이라 어렵고 힘들었습니다. 詩는 언어에 생명을 불어넣어 투영되는 의식 속에서 예술을 창출하고 詩人을 기쁨으로 만듭니다. 詩는 언제나 詩人의 고통 속에서 피어나는 꽃처럼 진한 향기로 피어납니다. 詩를 쓴다는 그 자체가 내게는 의미 있는 것이었고 때로는 시간의 제약과 더불어 고통스러울 때도 있지만 작은 보람을 느끼기도 했습니다.

시집을 내면서 그동안 쓴 시들을 보니 부끄럽고 누추하기 짝이 없습니다. 내 자신이 벌거숭이가 되는 느낌으로 아직도 부족한 새싹들을 이제 시집으로 묶어서 떠나보냅니다.

졸작이지만 슬플 때, 절망할 때에도 언제나 시와 함께 무너지려는 저를 일으켜 세우고, 끊임없이 저 자신을 찾아가는 삶을 살고 싶습니다. 함께 해 주신 여러 선생님께 감사드립니다.

시인 **염규식**

| 목차 |

☆ 1부 사랑

10 ... 그곳이 좋습니다.

11 ... 유월의 기억

12 ... 삶과 죽음

13 ... 소나기

14 ... 시인과 고독

15 ... 자유의 길

16 ... 봄과의 대화

17 ... 그리움의 의미

18 ... 사랑이란

19 ... 당신은 내게 그런 사람입니다.

20 ... 그리움이 담긴 연서

21 ... 짝사랑

22 ... 내가 살아가는 동안에

23 ... 인생 그리고 황혼

24 ... 봄의 승리

25 ... 파도가 전하는 말

26 ... 봄날의 위로

27 ... 황혼에 비친 노을

28 ... 청 보리 익어갈 무렵

29 ... 봄비와 시인

30 ... 추억

31 ... 이파리의 가는 길

32 ... 사랑 그리고 산다는 것

33 ... 5월의 향연

34 ... 나침판

35 ... 세월이 가는 길

36 ... 초록 찬가

38 ... 나의 마음

39 ... 낚시

40 ... 이 봄이 가기 전에

| 목차 |

☆ 1부 사랑

41 ... 봄비 내리는 들녘
42 ... 봄날 오후에
43 ... 오월의 사랑
44 ... 내일에 보내는 편지
45 ... 그대는 나의 봄입니다.
46 ... 이별의 길목에 서서
47 ... 머물고 싶었던 순간들
48 ... 바닷가의 저녁
50 ... 설렘으로 다가올 그대
52 ... 외로움 보내기
53 ... 4월이 오면
54 ... 백사장에서
55 ... 나리백합
56 ... 사랑이 행복이라고
57 ... 첫사랑
58 ... 그대는 내 마음에 다가왔는가?
60 ... 사랑을 안다는 것....
62 ... 새싹의 외침과 세상의 아우성
63 ... 소중한 사람에게 쓰는 편지
64 ... 나의 숙제
66 ... 항해
68 ... 사랑은 시를 만들고....
69 ... 봄을 기다리며
70 ... 아빠 기러기
71 ... 사랑 그리고 그리움
72 ... 수은등
73 ... 파도의 연서
74 ... 빗속의 해후
75 ... 한 사람
76 ... 그리움
77 ... 일광역에서

| 목차 |

☆ 1부 사랑

78 ... 복수(復讐)
79 ... 꿈속에서
80 ... 하얀 입술
81 ... 비 꽃
82 ... 온천천 풍경
83 ... 겨울바다
84 ... 난민(難民)
85 ... 발자국
86 ... 길
87 ... 진입금지
88 ... 광안대교
90 ... 가을편지
91 ... 임의 눈물
92 ... 반성문
93 ... 잃어버린 얼굴
94 ... 나의 시
95 ... 놓으려 해도
96 ... 봄의 숨결
98 ... 미안해, 그리고 사랑해
100 ... 두 팔로 초록비 안으며
101 ... 유월의 향기
102 ... 나의 노래
103 ... 비상출구 계단
104 ... 謹弔燈(근조등)
105 ... 자유인
106 ... 바람이 머물고 싶은 곳
107 ... 포옹
108 ... 실 낙 원
109 ... 약속
110 ... 별이 되어라
111 ... 준비중

| 목차 |

☆ 1부 사랑

112 ... 민들레의 꿈
113 ... 긴 외출
114 ... 낡은 사진첩
115 ... 하루
116 ... 가슴의 나무
117 ... 활주로
118 ... 콩깍지 사랑
119 ... 외로운 섬
120 ... 시혼(詩魂)을 찾아서

☆ 2부 사모곡

122 ... 봄 비
123 ... 식이엄마
124 ... 노란개나리
126 ... 엄마생각
127 ... 나중에
128 ... 벌써 십 오년

☆ 3부 성시

130 ... 피조물의 변(辯)
131 ... 은 혜
132 ... 순례자
133 ... 세미한 음성
134 ... 붉은 손
135 ... 부활
136 ... 소 망
137 ... 기도는
138 ... 나의 기도 1
140 ... 나의 기도 2 (침묵)
141 ... 열리는 소리
142 ... 세상에서 가장 행복한 사람
143 ... 용서

본문
시낭송
감상하기

QR 코드 스마트폰으로 QR 코드를 스캔하면
시낭송을 감상할 수 있습니다.

제목 : 내가 살아가는 동안에
시낭송 : 박영애

제목 : 사랑 그리고 산다는 것
시낭송 : 박영애

제목 : 이 봄이 가기 전에
시낭송 : 박영애

제목 : 사랑은 시를 만들고
시낭송 : 박영애

제목 : 수은등
시낭송 : 최명자

제목 : 한 사람
시낭송 : 박영애

제목 : 나의 노래
시낭송 : 최명자

제목 : 시혼을 찾아서
시낭송 : 박영애

시인은 자연을 이야기하고
시낭송가는 자연을 품었다.
글자는 날개를 달아 언어로 날고
소리는 자연에 눕는다.

1부 사랑

그곳이 좋습니다.

나는 그곳이 좋습니다.

인적 드문 산기슭에 작은 오두막 지어
뒤뜰엔 채소밭 가꾸고
앞뜰엔 예쁜 꽃향기 넘치는 꽃밭들

아웅다웅 세상 세월 놓아버리고
뜰 수만 있는 작은 배 한 척 띄워
황혼의 바다를 저어가고 싶습니다.

산새들 지저귀고 봄꽃이 우거진
오솔길에서 풀 향기 흐르는 산길을
걷고 싶습니다.

밤이면 별빛 쏟아져 내리는 하늘을 보며
풀벌레 합창 소리에
고운 시 하나 쓰고 싶습니다.

유월의 기억

절망을 배웠던 그해 한여름
긴 아픔의 세월 위에 세운 자유를 위한
시간의 노래로 그날의 함성이 쉬어간 자리

근원을 알 수 없는 잊어버린 세월 속에
임을 떠나보낸 유월의 아픈 상처는
그리움의 눈물 되어 비가 되어 내리고

임의 혼이 깃든 계곡엔 초록의 잡초만 무성하니
더운 바람이 위로하는 그날 유월의 계곡에는
그대의 서러운 숭고함을 기리고

임의 고귀한 희생 무명의 혼백이 쉬어간 자리
어느덧 절반의 절기인 유월 그대 향한 그리움에
곱게 눈물로 간직하는 그날의 기억.

삶과 죽음

날마다 유한을 안고 살아가는 인생은
신이 없고 사후를 알 수 없다고 해도
냄새 나는 양심을 바다에 던져놓고 심장을 포장해서
날마다 말들을 화장해서 나부대는 세상이다

생명이 태어남과 동시에
죽음의 실체도 볼 수 있다면
땅에 버려진 진리가 우리의 가슴에
눈물을 퍼오지도 않을 것이고

사후의 세계를 모르고 무시한다고 해도
인생 유한을 안다면 사악하고 배려 없는
비굴한 친절로 부끄러운 심장에 철갑을 입히고
선한 사람인 척 내세우지 않을 것을

생명과 죽음은 하나인 동시에 두 개의 얼굴이다
생명의 즐거움만 기뻐하고 죽음의 실체엔
슬퍼하지만 모두 다 하나인 것을

아주 작은 진리라도 외면하지 않고
적은 것의 소중함을 지키려 하고
인생 유한을 깨달을 수가 있다면
여기도 공이고 저기도 공인 것을....

소나기

얄미운 친구이지만
그리 싫지는 않습니다.

후두둑 지나간 자리
길 위 웅덩이에 파란 하늘이
내려와 놀고 있습니다.

언제 올지 언제 갈지
분간하기 어려운
그대의 갑작스러운 방문에
내 마음 흠뻑 젖고 갑니다.

그대는 항상 빈손으로 왔다가는 나그네
언제 왔다가도 언제 갈지 모르는
그래서 우린 늘 설레는 마음을 지고 가는
때로는 기다려지는 정인입니다.

시인과 고독

그대는 외로움을 삭히고 또 삭히면서
고독의 씨를 뿌리면서 다가오면
나는 외로움의 하얀 꽃이 되어
그대 기다리는 창가에 꽂아두렵니다

내 안의 외로움은 그대의 만남의 인연이고
사색과 집중의 고독 속에서만이
당신을 만날 수 있으니까요, 그리고
그대에게 길들여진 외로움에 미쳐야 하니까요

이러한 고독의 미학은 시인만이 감당하는 것이지만
내가 그대를 택함으로 받는 외로움 그리고 고독은
나와 그대의 씨앗이고 결정체이자 분신입니다

때로는 긴 고독이 슬픔을 위장하고
어설픈 미소로 나에게 다가와 유혹하면
그대의 고독이 그림자처럼 다가오면서
나는 오늘도 그대를 향한 새로운 기대감으로
막막한 그리움에 젖는다.

자유의 길

느닷없이 창문을 노크하며
흐느낌에 가슴을 울리며 떠나는
너는 이제 출발인가 도착인가

먼 하늘에서 구름의 분신으로
이 땅으로 자유를 얻었지만
고단하고 긴 여행길
오직 자유의 기쁨에 눈물 흘린다.

멀고 먼 고향 길을 떠나는 힘든 여정
떠나는 그대의 소리는 심장의 고동과 어우러져
긴 여정의 외롭고 힘든 고독의 행군이리라

바다와 강에 도달한 여정의 끄트머리에
이제 영원한 자유를 찾겠지
다시 볼 수 없이 헤어짐을 알면서

찾아온 자유를 위해 오늘도
고운 비 꽃을 만들며 내 마음에 찾아오지만
나는 가만히 너의 자유를 지켜볼 뿐이다.

봄과의 대화

산과 들이 푸르고 아름다운 계절에
그대는 무엇을 생각하고 있습니까?

솔솔 부는 봄바람에 여름을 그리워하고
곧 다가올 외로운 가을을 생각합니까?

혹시나 그대를 사랑하는 나의 마음을
거부하지는 않겠지요?

항상 포근하고 꽃을 피워
열매 맺기 위한 당신이니까

그 고운 향기로 나를 유혹하고
그대의 고운 살결에 빗물의 애무와
바람의 속삭임에도 만족 못 하시나요?

그대는 내게 항상 따뜻함과 포근함으로
또 그리움으로 나를 지켰지요
당신은 무엇을 위해 떠나려 하나요

곧 떠나야 할 당신이기에
아쉬움으로 보내야 하는 당신이기에
내게는 영원한 사랑으로 남아있어야 합니다.

그리움의 의미

보이지 않는 먼 그리움은
밤하늘의 별이 빛나는 것처럼
또 하루를 보낼 때마다
이름 짓지 못한 기다림입니다.

때로는 소나기처럼, 폭풍처럼
그리고 파도처럼
다가오는 애타는 그리움이기에
깊이를 헤아릴 수 없는 바다에 빠집니다.

왠지 모를 이 그리움의 아픔이
나 자신 때문이었음을 깨닫고 나서도
차마 내색 못 하는 내면의 외침인 것을

한숨 속 슬픈 미소라도 지어야 하는
이 삶의 모순 앞에서 나의 시간은 아직도
하얀 도화지의 서툰 그림을 그리려 하지 않았다.

남은 책장의 갈피는 제각기 서로 그리워하며
때론 미워도 하며 아옹다옹하는 그 자체가
그리움의 의미일 것이다.

사랑이란

그대를 사랑함으로 다 내어주는 것은
그대 위한 모든 것 아낌도 후회도 없습니다.

사랑을 받는 당신보다 사랑을 주는
내가 더 기쁜 것은
주는 내가 더 기쁘고 행복하기 때문입니다.

나의 가진 모든 사랑의 에너지 남김없이
다 내어 주고 싶은 것은 오직 당신 하나
진정으로 사랑하기 때문입니다.

단지 바라만 보고 있어도 또 보고픈 그대이기에
그대를 사랑함으로 내가 받는 기쁨과 행복은
이 세상의 무엇으로도 바꿀 수 없기 때문입니다.

그대를 사랑하기에 더 줄 수 없을 때는
천만번의 미소와 마지막 나의 영혼까지도
그대에게 드리고 그대의 심장에 머물 것입니다.

당신은 내게 그런 사람입니다.

당신과 함께라면
험한 세상 다리 되어 혼자가 아니고
이 넓은 세상 어디라도 외롭지 않고
행복으로 나아갈 수 있는 사람
당신은 내게 그런 사람입니다 .

당신과 함께라면
그대만을 사랑할 수 있다면 어떤 어려움이 있어도
혼자가 아니고 그대와 둘이라면 헤쳐 나갈 수 있는
믿음이 있는 사람
당신은 내게 그런 사람입니다.

당신과 함께라면
그대와 나 사이에 우리라는 단어가 존재한다면
어떤 파도에도 그대와 행복을 지키고
내 영혼이 재가 되어도 변치 않을 사랑을
약속할 수 있는 단 한 사람
당신은 내게 그런 사람입니다.

당신과 함께 할 수 있다면
수많은 기다림 속에 단 한 번의 사랑이라도
내 생애 마지막 불꽃을 펼칠 수 있을 것 같은
내 삶을 맡길 수 있는 사람
당신은 내게 그렇게 많이 소중한 그런 사람입니다.

그리움이 담긴 연서

그리움이 아니 존재하도록
영혼의 가슴 속의 그리움을 날려 보내는
가슴에 짙은 매연과 같은 한숨을 띄어봅니다

나 혼자만의 추억 깃든 오솔길을 걸으며
그리움의 편지를 나눌 수 있는
그대에게 보내고 싶지만

그대를 찾을 때 그대는 멀리 있고
눈 감으면 더욱 선명한 너의 모습
누구도 아무도 갈 수 없는 곳이기에

쓸쓸한 저녁 바람처럼 몰려드는
외로움이 앞을 가릴 때
떠나는 아름다운 봄 길 편에
그리움의 한 편 시를 띄워봅니다.

짝사랑

이별을 생각할 필요도 없고
운명적인 사랑을 꿈꾸면서
혼자 있을 때 마음이 머문 그대에게

여유로운 마음으로 까맣게 몰랐던
단 한 사람의 소중함을 알아가는 사랑
예쁘게 펼쳐질 사랑을 생각해보면 어떨까?

스킨십이 아닌 그냥 야릇함만으로
가슴속에서 걷잡을 수 없는
착한 그리움을 하나 만들어보면 어떨까?

깨알같이 많은 사람 중에
풍랑이 일어도 질리지 않을 고운사랑
때 묻지 않는 진실 하나 만들어보면 어떨까?

내가 살아가는 동안에

내가 살아가는 동안에
먼 기억 속에 남겨질 아름다운 사랑을 위하여
소망하는 매 순간의 삶에
나는 그대의 곁이 되어드리겠습니다.

당신이 살아온 삶도 나아갈 삶도
내가 대신 살 수 없고
내 삶을 당신이 살 수는 없지만
사랑이란 이름으로 서로의 아픔을 나누면 좋겠습니다.

참으로 사랑이란
먼 지평선에 한 발자국 내딛는 것처럼
우리의 사랑을 위해 나란히 같이 걸어가야 할 그대와 나는
조금씩 내어주며 외로움을 채우면 좋겠습니다.

세월이 흘러 먼 기억의 추억 속으로 옮겨갈 인연
내가 살아가는 동안에
우리의 사랑이 파랑이나 빨강보다
보랏빛 무늬의 찬란한 사랑이었으면 참 좋겠습니다.

제목 : 내가 살아가는 동안에
시낭송 : 박영애

스마트폰으로 QR 코드를 스캔하면
시낭송을 감상할 수 있습니다.

인생 그리고 황혼

청아함을 대변하는 이름 모를
산새들이 노래하는 산기슭에서
늙어가는 수목들을 벗 삼아
거품 같은 욕심 버리고
내 인생의 황혼이 찾아오면

인생 유한을 깨닫지 못하고 뛰었던 세월
지난날의 나의 소망은 사라지고
아름다운 추억들이
흐르는 개울물에 노을처럼 번지면
긴 사색에 외로움을 느낄 때도 있겠지요.

느낄 사이도 없이 다가오는 황혼에
세월은 시냇물처럼 흘러가고
인연이었다 싶은 사람들과 고운 정들도
여운을 남기고 떠날 날이 있겠지요.

참으로 긴 세월 앞만 보며 살아온 나
오래전부터 삶이 참 힘들다고 느낄 때
마주 보며 함께 웃는 중독된 외로움에
혼자 저무는 황혼의 들녘을 지켜보는 마음은
반성으로는 이미 늦은 회한으로 남는다.

봄의 승리

봄이란 긴 겨울의 연금에 해제된
자유분방한 안락함이다.

자연은 모든 근심을 산들바람에 떠나보내고
너울거리는 아지랑이와 함께
봄 햇살을 만끽하며 푸른 꿈을 펼친다.

돌담 넘어 텃밭에서 이마에 수건을 두르고
채소 가꾸는 아낙네 뒤에서는 백구 한 마리
졸음을 이기지 못해 졸고 있고

산과 들의 나무들은 봄비에 촉촉이 살이 올라
봄이란 고마운 계절에 해금되어
푸른 이파리, 바람의 리듬에 장단을 맞춘다.

생명을 꽃피우는 대지의 모습
봄은 겨울을 이겨낸 긴 인내의 결정체이고
한 번도 어긴 적 없는 계절의 순환은 경이롭다.

내 가슴의 봄보다 하늘과 구름과 바람이
먼저 시인의 봄을 부르고 있다.

파도가 전하는 말

행복한 삶도 이별의 아픔에도
한 점의 동요 없이 끊임없이 춤추는 그대
하얀 포말 속에 또다시 이어지며 겹쳐지는
본래의 하얀 꿈은 사라지고

넓은 백사장에 또 하나 아픔을 새기며
추억 속의 추억을 하나 더하고 덜해도
아무런 말없이 밀려드는 너의 아우성

출렁이는 파도는 그 간절함의 깊이를
세파의 소용돌이에 휘몰아치는 나의 상념을
너는 나의 모든 감정을 헤아릴 수 있느냐

무엇이 부족한지 왔다가 돌아가며 부딪히며
사라지는 너의 몸부림은
지우고 다시 쓰며 삼키는 모래알처럼
먼 훗날 흔적 없이 사라질 나의 모습 같구나.

봄날의 위로

아지랑이 피어오르는 어머니 품속 같은 봄날
밝게 웃는 영산홍처럼 고운 얼굴로 다가오는
그대의 다정함만큼이나 따뜻한 봄날 오후입니다.

아무도 거들떠보지 않아도 잘 자라는 들풀처럼
우리의 가슴속에 늘 기쁨이 잘 자라는
봄날이었으면 좋겠습니다.

솔솔 부는 봄바람은 우리의 마음속에
사랑의 근원이 꽃으로 피어나는
봄날이었으면 좋겠습니다.

오늘처럼 포근한 세상에서 서로 다투지 않고
배려하며 사랑으로 위로와 양보를 하고
천년만년 살 인생도 아닌데 서로 나누고
사랑으로 하나가 되는 좋은 봄날이었으면 합니다.

황혼에 비친 노을

시냇물처럼 수시로 흘러가며 변하는 노을
노을이 누구의 마음이라면
흐르는 물같이 깊이 스며들어보고 싶다.

지는 노을을 들여다보고 또 더듬어보며
가슴 뭉클한 마음으로
오색구름처럼 떠돌아보고 싶다.

흐르는 저 깊은 구름 속을 헤매며
간절하고 애절함이 묻어나오는 아쉬움에
환상처럼 펼쳐지는 아름다움의 몽환에 빠진다.

밤이면 모든 것 뺏기고 혼자가 될 너이기에
어서 빨리 나의 못난 삶을 노을 속으로 보내고 싶다.
사라져가는 아쉬움의 눈물방울에 그림자가 드리우고

마지막을 불태우는 하늘의 붉은 꽃은
어느새 바다에 누워 버리고 존재를 상실한다.
사라지는 노을을 보며 나는 묻고 있다
나는 정녕 무엇이며 어디까지 왔는가?

청 보리 익어갈 무렵

청 보리 익어가고 푸른 초원이 열리는 오월에
하얀 쌀 나무 곱게 흐드러지게 피고
보릿고개 넘기려 산을 넘던 나그네.

해일처럼 다가오는 녹색의 바람은
허기진 마음을 채워주고 있는
소담스러운 밥 한 그릇의 언어가 따스하다.

싱그러운 오월의 맛은 푸르름을 더하고
가슴 깊이 스며드는 오월의 바람은
맺혀있는 한을 한 올씩 벗겨낸다.

안녕이란 말에 믿음을 담았던
작은 그릇 속의 먹다 남은 얘기도
아지랑이 피어오르는 물가에 흐려진다.

포근하게 내리는 햇살에 임의 손길 느끼며
먼 옛날의 추억을 생각하니 아닌 걸 알면서도
먼 허공을 눈빛으로 더듬으며
눈부신 오월을 아쉬움에 보냅니다.

봄비와 시인

지난 세월의 아픔과 한숨이 모여서
사륵사륵 내리는 봄비가 내 마음을 적신다.
또르르 떨어지는 빗물 속에
지나온 긴 세월을 이어주는 고운 눈물 꽃이 퍼진다.

내려놓은 마음의 빈 그릇과 핏줄 속에
스며드는 빗물에 촉촉이 젖어보고 싶다.
내리는 빗속을 하염없이 보노라면
마음의 땟국이 씻어 내려가며 하얗게 울고 있다.

내 속에 내리는 비는 지금보다 더욱더 흘러
고랑을 이룬다면 더 많은 것을 버리고
더욱 고운 것만 채울 수가 있으련만
고랑을 타고 내리는 빗물은 계속 흐르고

그 끝은 누군가의 수많은 애환과 슬픔이 모여 있겠지
그래도 내리는 봄비의 의미를 쉬이 아무나 볼 수가 없듯이
보고 느끼는 것은 시인의 눈이고 마음이다.
그래도 내게는 고맙고 또 감사한 봄비인 것을....

추억

따뜻한 봄날
포근함을 느낄 수 있는
반가운 햇살이 잠깐 스치듯

아카시아 향기 같은 고운 마음을 가진
그대는 내 곁을 스치는
고운 향기 같은 만남 있었습니다.

운명적인 순간의 짧은 만남은
긴 세월이 흐른 지금
이제는 아름다운 추억이 되었네요.

그때처럼 당신도 나처럼
마음에 맴도는 그리움에 아주 조금이라도
내가 그대를 그리워하는 것을 아시나요

쓸쓸한 아쉬움이 흐르는 별빛의 흐름 속에
세월이 지난 지금 그것이 사랑인 것을 압니다.
내리는 빗속에 쓸쓸히 돌아서는 그대를 잡지 못한
아쉬움에 이 밤은 몹시 서럽고 외로운 밤입니다.

이파리의 가는 길

눈부신 햇살은 들판을 비추고
부는 바람 소리는 높은 음정의
샛바람으로 달리던 계곡 언저리에
초록 이파리의 푸른 생애가 널려있다.

흐르는 오케스트라의 교향곡 연주보다
바람에 흔들리는 너의 모습이 아름답다
온갖 나비와 산새들이 입술을 마주하며
내일을 생각지 않는 사랑의 고요함이여

얼마 후에는 한 잎 두 잎 가만히 떨어져
땅속뿌리에 온몸을 던져 가벼운 몸뚱이 내려놓겠지
슬픔의 무게와 희로애락의 애환을 찬란한 투신으로
목마른 계곡을 깨운다.

또다시 지천으로 곳곳에 피어날 먼 훗날을 위해
세상의 모든 유혹을 뿌리치는 너의 희생이 고맙다.
또다시 바스락하며 떨어지는 하나의 잎
시인의 마음은 너무 서럽다.

사랑 그리고 산다는 것

산다는 것은
세상의 울타리 안에
겹쳐져 있는 사랑과 미움의 존재는
흐르는 세월 속에 묻혀 가고

곱게 지핀 아름다운 한 편의 시처럼
나로 인해 그대의 마음에
참으로 고운 행복이 전해졌으면 좋겠습니다.

그대 향한 그리움에 기도하는 마음으로
사랑의 절실함을 보내고 싶고
우리라는 한 단어 안에 정겨운 사랑을
만들고 싶습니다.

그대가 좋아하던 시를 적어
그대의 꿈속에서 들려주고
그대가 사랑이라면 당신을 향한 외로움 또한
사랑하고 싶습니다.

산다는 것은 다 털어버리고 나면
흐르는 세월 속에 남는 것은
사랑뿐이고 그 사랑은
때론 아픔이고 아쉬움만 남는 것이겠지요.

제목 : 사랑 그리고 산다는 것
시낭송 : 박영애

스마트폰으로 QR 코드를 스캔하면
시낭송을 감상할 수 있습니다.

5월의 향연

코로나의 오랜 시장기 채우려
들판의 부르는 소리 달려 나갔다
색동옷 곱게 차려입은 풋풋한 오월을 만났다.

지난 세월 어릴 적 엄마와 산 빨래
꽁보리밥 배고팠던 생각에
모심기 끝낸 농부의 손길이 부럽고

열린 하늘 푸른 들판 한없이 뛰어보니
하늘이 더욱 푸르고,
땀내 나는 윗도리를 벗어보니
들판의 고마운 바람 마중 나와 상쾌하다.

다가올 수확을 기대하며 땀방울과 노래하는 농부
먼 하늘 바라보니 웃고 계신 울 엄마
그리움에 이슬 맺혀 바라보는 푸른 하늘
오월의 향연의 바람은 땀내와 눈물 맛이다.

나침판

삶의 더 이상을 채울 수 없는 희망을
체념하고 더 이상의 미련 없이
먼 곳을 떠나갈 수 있는 것은
삶의 종착지가 있기 때문이다.

삶보다는 죽음의 이면이 소중한 것은
목적이 분명한 너의 지시가 있기 때문이다.
일생이란 나침반의 행로에 때론
행복도 중요하지만, 불행 다음에 오는
작은 소망으로 희망이란 작은 소망을 제시한다.

가질 때 보다 없을 때의 중요함으로
새로운 기쁨을 제시하는
너는 나의 영원한 멘토(mentor)이다.
잠시도 가만있지 못하고 내가 움직일 때마다
방황하는 나를 제시하는 나침반

실패의 이면에 인내라는 소중한 좌표를
제시하고 소중한 나의 삶에
항상 움직이고 있는 너는
나의 인생의 나침반

세월이 가는 길

세월아!
너는 보내지 않아도 오늘이란 이름은 가고
기다리지 않아도 내일이란 세월은
우리 곁을 다가오고 있구나.

세월아
너는 나에게 있는 아픔도 나의 기쁨도
어찌 감정 하나 없이 가져갈 수가 있느냐
참으로 미련도 후회도 할 사이도 없이
조금의 여지도 없이 그렇게 가느냐?

세월아
조금은 쉬었다 갈 수도 있으련만
오르막도 내리막도 있을 법도 하건만
내 삶의 회한을 돌아보기도 전에
떠나야 한단 말인가

세월아
인생의 긴 언덕을 넘어서는
세월에게 외쳐 불러본다.
세월아~ 인생의 언덕바지에서 이제는
조금만 쉬어가자꾸나.

초록 찬가

임이시여!
푸른 하늘에 아픈 추억을 묻어 두고
내가 다시 환생할 내 고운 꿈을
그대 가슴 이파리에
미리 심어 두어도 되나요?

임이시여!
유달리 큰 키의 갈대 사이로
솔솔바람 불어오듯 쓸쓸한 내게
조금은 쓸쓸한 인연이 되어 줄 수는 없나요?

임이시여!
초록의 나뭇잎이 퇴색해 가려 합니다.
내가 그대로 인해 행복할 수 있다면
쓸쓸한 그대에게 찾아가 그대의 초록 꿈을
울긋불긋 퇴색시켜도 되겠습니까?

임이시여!
그대는 외로운 내 마음에
마음을 감싸 줄 수 있는 열매를
무르익게 하는 더운 햇살이 되고
내 부족한 시 한 편을 함께 들어줄
밤하늘에 내 별 일 수 있습니다.

오직 두려운 것은 외로움에 젖은 내가
그대에게 다가가는 나로 인해
당신이 더욱 외로울까 걱정입니다.

나의 마음

세파에 흔들리면서도
꺼지지 않는 등불처럼 세상의 유혹과 갈등에
흔들리지 않았으면 좋겠습니다.

나의 자아 속을 밝히는
나눔의 등불 하나
내 마음속에 밝혔으면 참 좋겠습니다.

산과 들과 강이 펼쳐진 들판에서
마음껏 하늘 노래
부를 수 있었으면 좋겠습니다.

하늘의 소망과 사랑을 위해
청결한 마음을
가질 수 있으면 참 좋겠습니다.

나의 부족한 심령에
이해와 사랑이 넘치고
더 겸손한 마음이 되었으면 좋겠습니다.

나의 부족한 지혜가 더욱 발전하여
더 고운 시를 쓸 수 있는 낭만이 넘치는
마음이 되었으면 참 좋겠습니다.

낚시

안티푸라민을
눈 밑에 발라볼까

잠시 머물 줄 알았던 보석 같은
눈물방울이
금방 떨어져서 모래 속으로 스민다.
집을 나갔다
언어가

이놈의 시어(詩魚)라는 물고기는
그물로는 잡히지 않는지,
빈 배로만 온다.

이참에 바다나 되어볼까?
고생 좀 덜하게….

이 봄이 가기 전에

이 봄이 가기 전에
나는 그대에게 봄 향기 가득한
고운 손편지 하나 보내고 싶습니다.

온갖 들풀이 만발한 그곳에서
그대를 만나게 되면 당신에게
향기 가득한 사랑 하나 드리렵니다.

하지만 봄 길에 나서는 나의 영혼은
조금은 쓸쓸한 혼자입니다.
어느새 걷다 보니 홀로인 것을 알았습니다.

걷다가 그대를 만나게 되면
당신의 봄꽃 같은 귀한 사랑을
조금만 아주 조금만이라도 주실 수 있을는지요.

춥고 눈이 내리는 거리도 싫고
낙엽 뒹구는 가을도 외로우니까요
이 봄이 가기 전에
따스한 봄 사랑을 만나고 싶습니다.

제목 : 이 봄이 가기 전에
시낭송 : 박영애

스마트폰으로 QR 코드를 스캔하면
시낭송을 감상할 수 있습니다.

봄비 내리는 들녘

봄비에
떨어지는 낙화 하나
어설프고 나른한 계절 끝자락에 밀려
서러움에 우는 낙수 소리에 명상에 젖는다.

또다시
다가오는 봄은 또 그렇게
한 아름 아픔만 가슴에 품고
비에 젖은 세월처럼 때가 되면 흘러가겠지.

먼 추억에
아물지 않은 상처
추억에 뒤안길로 남기고
눈물 흘리며 떠나는 그대는
더운 바람 다가오는 언덕을 넘기 전에
멀리서 달려오는 풍요도 외면하고 가겠지

보라
봄비 내리는 푸른 들에는
5월의 짙고 화려한 사랑으로 치장한 초원에
내일을 두려워 않고 꿈을 피우고
내리는 봄비에 초록은 짙어만 간다.

봄날 오후에

개울의 하천가에 핀 마지막 꽃잎을 보내고
아직은 외롭지만 의연한 모습으로
봄을 견디고 있습니다.

이 나이에 어울리지 않는 설움 같은 것이
잠시 가슴에 다가오니
아직은 찬바람에 익숙하지 않습니다.

왠지 외롭다는 이유만으로
떨어지는 꽃잎의 향기가 되고 싶은 우울함이
텅 빈 몸에 스며들어옵니다.

하지만, 나의 봄은 낯설기만 합니다.
지난겨울의 길목에서 돋아난 그리움이
가슴 위에 아직도 오롯이 쌓여 있습니다.

서러운 봄은 나를 기다리지도 않고
그렇게 저 홀로 발걸음을 재촉하고 있는데
흐르는 세월에 내몰리듯 그렇게 떠밀리고 있습니다.

처음으로 쓸쓸함을 배웠던 봄날 오후에
이제야 새로운 여행을 떠나는 나의 봄은
작은 꽃잎 하나를 머리 아닌 가슴으로 안으려 합니다.

오월의 사랑

오월의 화려한 수많은 꽃 잔치에
겹겹의 고운 입술 속에 숨은 수줍던 첫사랑

붉은 열정 톡톡 틔우며 미소 짓는 그대는
오월의 마음 뜨락에 설렘의 꽃 피우네

깊숙이 숨겨진 고운 속살을 보이며
사랑과 열정과 기쁨을 숨기고

오롯이 오월의 여왕으로 부족함이 없는 그대
불타는 사랑 아름다워 고운 입술에 입맞춤한다.

오월의 가슴을 열어젖히고 비밀의 옷을 벗는 그대는
어찌 여름 한때만 불태우는 불꽃처럼 살아가는가?

황홀한 자태로 뭇 사람 유혹하지만
뭇사람의 사랑을 위해 목 잘린 그대는
어찌 단 한 번의 사랑에 온몸을 맡기려 하는가?

내일에 보내는 편지

어제의 시간이 오늘을 순산하고
떠나버린 아쉬움을 잊기 전에
내 마음의 뒤뜰에 앉아있는
또 다른 하루를 불러내 본다.

간절히 붙잡고 싶은 어제도 있고
자리를 내주기 싫은 오늘도 있다.
내일은 오늘과 또 다른 하루를 위해
오늘을 밀어버린 세월과 대화하겠지

또다시 내일을 여는 하루는
바다에 누워버린 노을처럼 사라지고
목메어 외쳐 불러도 뒤도 돌아보지 않고
유유히 떠나는 매몰찬 세월 앞에

변절하는 세월의 원망도 할 사이도 없이
오늘이 내 옆에 가만히 다가와 앉아있다.
새로이 떠나갈 오늘에게 편지 한 장 보내면서
다 가져가되 그리움 하나 정도는 두고 가야 않겠니?
하고 처연히 외쳐 부른다.

그대는 나의 봄입니다.

그리움의 날개가 머문 곳에
예쁘게 미소 짓는 봄을 닮은 그대

찬바람이 맴도는 이른 봄에
먼 산에 진달래꽃 옆에 다가서면
그대는 진달래가 되어 나에게 미소를 짓습니다.

봄과 함께 나른히 피어있는
고운 해당화 옆에 서 있는 그대는
나를 반기며 기다리는 해당화입니다.

초원에 기분 좋게 향기 풍기는
하얀 아카시아 꽃 옆에 서 있는 그대는
나의 봄의 향기입니다.

아득한 먼 날 그리움에 눈길을 돌리면
고운 향기로 단장한 고상한 꽃을 닮은 그대는
나를 조금은 슬프게 하는 봄입니다.

이별의 길목에 서서

지금은 헤어져도 기약하며 떠나는 너의 모습
싫증 나면 떠나는 그런 슬픈 인연이 아닌
아쉬움의 인연으로 이별하면 좋겠습니다.

후회 없이 피우고 떨어지고 또 피우고
살며 사랑하며 길 떠나는 너의 열정
마지막까지 마음을 다 주는 내년을 기약하는
고운 이별이면 좋겠습니다.

그대가 떠난 빈자리
새로운 만남으로 하나가 되고
서로에게 고운 믿음이 되어주는
그런 이별이 되었으면 좋겠습니다.

때로는 지친 삶에 먼 훗날
그대를 그리워할 수 있는 시간이 올 때
떠난 그대 그리워하며 다시 만날 그날을
기약할 수 있는 소망과 그리움을 주는
의미 있는 이별이었으면 좋겠습니다.

머물고 싶었던 순간들

오늘 같은 날 기억이 아련한 세월의 저편에서
가슴속 깊은 곳에서 짙은 향기로 남아
꼬리를 물던 놓치기 싫지만 잡히지 않는 상념들

뒤돌아보면 아무것도 보이지 않는 길을 걸으며
하늘은 멈추어 서 있는 햇살만 좋은 날인데
지난 세월에 대한 그리움으로 마음은 먼 여행을 떠난다.

가끔 파랗게 돋아나는 새싹처럼 선명한 그리움
아, 그 많은 시간 중에 행복했고 좀 더 머물고 싶은
그대를 향한 뜨겁던 고백이 아득히 그립다.

철마다 자연의 얼굴을 바꾸는 세월 앞에서
매 순간의 감사함을 전하며 순간을 호흡하고 있는 지금
아름다운 석양을 바라보며 꿈을 키우던 푸른 젊은 시절

그러나 지나간 순간을 추억하는 오늘,
지금, 이 순간이
바로 가장 머물고 싶은 시간인지도 모른다.

바닷가의 저녁

불러 모은 해물들의 합창 소리 들으며
멀리 아늑함으로 물씬 풍겨 다가오는
창밖의 저녁놀을 친구 삼아

소주 한 잔 위로와
안개처럼 피어오르는 하얀 물결 뒤로
그리움의 얼굴 하나 떠오릅니다.

짭짤한 바닷바람에도
넘쳐흐르는 그리움은
여유로운 마음으로 고운 절경 그리려 하여도
저절로 그리운 얼굴 하나 그려집니다.

는개비 내리는 오늘 같은 날
한마디 말을 건네지 않아도
그저 마주 보며
눈앞의 절경을 이야기하고 싶습니다.

다시 만나서 예쁜 볼 만질 수 있다면
그동안의 쌓인 그리움 오롯이 옛날을 안주 삼아
이 밤을 하얗게 보내고 싶습니다.

조용히 흩어지며 내리는 은빛 가루 쳐다보며

눈빛의 대화만으로도

기분 좋은 그대를 그리워하고 많이 보고 싶습니다.

* 는개비 : 안개비보다는 굵고 이슬비보다는 조금 가는 비

설렘으로 다가올 그대

나에게 그대가 없지만
고운 사랑의 꿈을 꾸면서
활짝 핀 해당화처럼
내 마음은 열어 보고 싶다.

기나긴 세월 속에
그리움이란 작은 명분 속에
깊숙이 숨겨진 가슴속의 상흔에
따뜻한 봄 햇살을 기다려본다.

이제는 문밖으로 살며시
보내야 할 그리움이지만
머리가 아닌 가슴으로 두근거림으로
맞이할 나의 그대는 아직도 없다.

그리움이 아닌 반가움으로 맞이할
그대가 없지만
내가 보낸 이 그리움을
해당화의 긴 기다림으로
이어지지 않았으면 좋겠다.

둔덕에 곱고 아름답게 핀
새로 오는 봄의 자존은
바람 따라 흔들리며 향기만 흐르지만

설렘으로 다가올
고운 그대를 꿈꾸며
기다림의 해당화 같은
너의 마음을 흔들어 보고 싶다.

외로움 보내기

외로움 잊으려 봄꽃 처녀 사랑하며
푸른 허공에 그리움 띄워 보낸들
그냥 흘러가는 강물처럼 더 외로운 것은
그리움이란 사연이 있기 때문입니다.

화려한 포장으로 다가오는 사랑으로는
보낼 수 없는 것이 외로움입니다.
하지만 무엇보다 진정한 사랑이 없다면
오래된 그리움에 또다시 울어야 합니다.

눈물이 없는 외로움은 진정한 외로움이 아니고
그 슬픔을 잊으려 내지르는 목소리에도
사랑이 없다면 그리고 위로가 없다면
홀로 사색으로 달래야 하는 그리움뿐입니다.

홀로 저문 길을 걸어 본 적이 있는가요?
오늘 하루 긴 세월 모아둔 외로움을 태웠더니
그리움이란 하얀 재만 남았습니다.

4월이 오면

분홍빛 그리움이 창밖에 서성이다
달리는 창 속의 가슴으로 뚝 떨어지고
깊숙이 묻어둔 사연 하나
벚꽃 향기 안고 그네를 탄다.

유채꽃 향기 서린 하천 둑에는
달리다 지친 태양이 힘없이 드러눕고
새로운 봄 마중하던 숭어는
종일 다이빙으로 몸풀기 시작이다.

모처럼 푸른 하늘 소풍 나온 뭉게구름
푸른 도화지에 하얀 수염 그리며 달리고
아가의 솜털 같은 고운 손으로 내미는
버들의 살랑거리는 연주는 끝이 없다.

이윽고 봄의 잔치가 시작되지만
아픈 봄을 모두 치유할 수 없어
산들바람의 부드러운 애무에
서러운 봄이 조금은 볼을 붉히지만

지난 세월 4월의 아픈 이름을
조금이라도 지울 수 없으니

백사장에서

넓은 백사장 수평선 너머
또 하나의 아픔을 새기고

항상 추억과 열정을 지닌
무한한 어머니 가슴 같은 바다여~

떠도는 갈매기의 애절한 소리에
옛 추억의 흐름에 빠지고

왔다가 돌아서며 미소 짓는 파도는
만남과 이별의 간절함에 다시 오고야 만다.

세속의 슬픔과 즐거움에 관계없이
수없이 반복하는 무던한 쉼 없는 그대의 열정

또다시 다가오는 너의 열정을
어느새 나는 닮고 있다.

그리고 떠나는 그대의 미련 없는 몸부림은
훗날 나의 모습이기를 바라며 회상에 깨어난다.

나리백합

해마다 이즈음에 설렘으로 다가오는 그대
이때가 지나면 다시 마주칠 수도 없겠지만
참으로 고운 숨결로 스킨십을 하며 다가온다.

풍기는 향기 속에 잠시 머물다 가는
바람과 같아서 또다시 때가 되면
살며시 돌아서는 타인과 같은 존재이다.

아직도 타인의 손길이 닿지 않은
열리지 않은 분홍빛 유두는
처녀의 가슴 같은 설렘으로 마주합니다.

흔들리는 바람에 풍기는 그대의 고운 입술은
봄 햇살의 애무하는 손길에
어느새 긴 호흡으로 열리고 만다.

평생 떠나지 않았으면 좋으련만 진한 향기와 더불어
열정을 태우는 너의 사랑은 짧디짧은 삶의
존재의 가치를 이처럼 열정으로 나타내는 것일까

향기와 열정으로 뭉쳐진 그대는 설렘으로 내게 다가와
다시 올 먼 기다림 동안의 기억해주길 바라는
뜨거운 정열로 내 가슴을 포옹한다.

사랑이 행복이라고

따스한 봄 햇살은 창가에 머무르고
베란다에 옹기종기 모여 있는 앙상한 나뭇가지들
새파란 잎사귀 꽃잎을 자랑한다.

저들은 때가 되면 가슴으로 온몸으로
행복을 주며 다가오건만
지난 겨울날들 돌이켜보면 얼굴 가득 미소가 퍼지도록
소중한 사람들에게 정다운 존재가 되어 주지 못함이
안타까움으로 다가온다.

그대의 마음에 일일이 행복을 챙기지 못하고
무엇을 했는지 깊이 생각해보니
내세울 자랑거리가 없어 부끄럽습니다.

그대에게
그동안 닫혀있던 내 마음 열어놓고 말하렵니다.
그대의 소중한 마음을 더 깊이 헤아려 보지 않고
오랫동안 잊고 살아왔습니다.
슬픈 사랑 말고 행복한 사랑을 노래하고 싶습니다.

뜨거운 사랑을 하기 위해 더 노력하렵니다.
입가에 저절로 미소가 번지게 하는 웃는 얼굴로
사랑이란 소중한 단어를 마음껏 외치려 합니다.
그리고 사랑이 행복이라고 노래하려 합니다.

첫사랑

깊은 밤 별을 세며 두 손을 마주 잡고
사랑을 맹세할 때

흐르는 별빛은 가슴을 적시고
이별은 생각지도 못했건만

떠나버린 당신은 말이 없고
기약 없는 이별만이 가슴에 남았네

밤비 보채는 소리는
이 밤 지새우는 그리움의 친구가 되고

기약 없이 헤매는 사랑의 길은
떠나버린 사랑을 찾아 홀로 달빛 사이 흐르고
붉게 타는 가슴의 노을은 그리움이 태웠구나.

그대는 내 마음에 다가왔는가?

가슴에 고운 씨앗 하나 잉태하면서
머물고 싶었던 순간들은 많아도
그렇게 바람처럼 흘러가며 사는 것이 좋을지도
모른다고 생각하면서
어느새 나의 책장 갈피는 어느덧 중천을 지나
석양이 짙어지는데
젊은 시절에는 세상의 흔적을 원했지만
이제는 이 세상에 왔다 간 흔적 남기지 말고
구름처럼 살다 가고 싶다.

다만 하얀 도화지 위의 색채가 고뇌로 변하여 다가올 때
너는 나에게 종교가 되기도 하고
철학으로 받아지기도 하고 관습이 되기도 한다.
삶의 힘겨움에서 한 자 한 자 잉태하는 침묵이고 보면
너와 언제나 마주하는 순간순간 스치는
시간과 공간에 생명의 움직임과 변화는
나를 울게 하고 웃게 하고 나를 고뇌하게 하지만
너를 놓을 수 없다,

알 수 없는 마음의 눈으로 바라보는 무언의 섭리와

무한한 사랑은 수많은 날 너와 동거하는 시인의 고독이다.

나는 오늘도 그대는 내 마음에 다가왔는가?

하고 시에게 묻고 있다.

하지만 그대 때문에 내 볼품없는 마음속에서

향기로운 꽃처럼 오늘도 잠깐의 행복이 피어나고 있다.

사랑을 안다는 것....

상대가 누군지 그리고
왜 언제일지도 모를 모호한 것
이유도 모르면서 그냥 좋아지는 것
그래서 사랑을 안다는 것은
영원히 알 수 없는 것 미스터리....

사랑이란 어떠한 수많은 천만번의 싯귀도 충분치 않고
사랑 ....
그것은 무엇인가
논리도 이성도 필요 없이 모호한 것
나의 뇌가 아닌 심장으로 꽃피는 것

사랑이란
어떠한 환경이 변해도
변함없이 잘해주고 지켜주고 그리워하는 것
진정한 사랑은 나의 행복이 아닌
상대를 위해 나의 모든 것을 줄 수 있는 것
죽을 만큼 사랑에 빠진다면 최악의 어둠에 길이라도
함께라면 멈춰지지 않는 그런 사랑

죽을 만큼 누군가를 그리워하며 사랑해본 적 없다면
그것은 사랑을 하는 것도 사랑을 안다는 것도 아니다.
진정한 사랑은 하고 싶다고 되는 것이 아니고
회피한다고 피해지는 것도 아니다.

그래서 사랑을 안다는 것은
영원히 밝혀지지 않는 미스터리....

새싹의 외침과 세상의 아우성

청순하고 곱다
처녀의 고운 순결 같다.
그 고운 사랑의 순결이 다가온다.

또 한 세계는 치열하다.
화해하는 법을 배우지 못하고
용서하는 법도 배우지 못했다.

이제는 알 수가 있다
그네들이 얼마나 아프게
그리고 곱게 사랑을 피우는지

이제는 본다.
그들의 예쁘고 고운 사랑을 볼 수가 있다.
반했다 그들의 사랑에….

그리고 세상은 배워야 한다
그들의 생존과 조화와 버림과 베풂
그리고 섭리의 사랑을….

소중한 사람에게 쓰는 편지

내가 살면서 오직 잊지 못할 그 이름
떠나간 당신을 그리워할 때
당신의 소중함을 알았습니다.

내리는 빗속에서도 바람 소리에도
펼쳐진 들판의 작은 들꽃만 보아도
생각나는 사람입니다.

좌절과 슬픔의 방황 속에도
내 눈물 닦아주며 가슴으로 함께 울어 주고
내 삶을 묵묵히 지켜준 사람입니다. 하지만 나는
그대를 사랑하기보다 불평한 적이 많았습니다.

그대를 생각할 때마다
나를 미소 짓게 한 당신입니다.
아 ~ 이제야 먼 곳에 있어 알 수 없던 무언가는
고개 숙인 참회의 눈물 속에 사랑인 줄 알았습니다.

이제는 그대를 찾지 않으렵니다.
당신이 내 가슴속에 남기고 떠난
고운 씨앗 하나 그것은
사랑이 이었기 때문입니다.

나의 숙제

눈 깜빡이는 동안 인생은 흐르고
앞서간다고 안주할 때 어느새 추월당했다,
나는 어떻게 대처해야 하나

순간의 선택이 평생을 좌우하는데
구하기는 어려운 것이 때와 사람이요,
놓치기 쉬운 것이 또한 때와 사랑이다.
나는 어떻게 대처해야 하나

한 번뿐인 인생, 후회 없이 살아야 하는데
거창하게 시작하는 사람은 많지만
아름답게 마무리하는 사람은 많지 않다.
나는 어떻게 대처해야 하나

조급하게 달려온 삶 성공에 다가올수록
어려움에 대비하며 살아야 하는데
나는 어떻게 대처해야 하나

생(生)의 첫날인 것처럼 살아야 하고
과거는 잊고
생(生)의 마지막인 것처럼 살아야 하는데
나는 어떻게 대처해야 하나

저무는 석양은 어느새 바다에 누우려 하고
출렁이는 파도는 어서 가자고 재촉하니
내가 어떻게 왔으며 어디까지 가야 하는지
스치는 저녁 바람에 적시는 가슴이 차갑다.

항해

아무리 들으려 해도 들을 수 없고 볼 수도 없는데
허허로운 빈 가슴 안고 먼 길 가는 나그네
조급함으로 떠난 벼랑을 스치는 산책길

수명이 다한 애처로운 태양은 마지막 불꽃을 태우지만
삽시간에 삼켜버린 바다를 원망할 사이도 없이
어둠으로 떠나는 인생을 보았습니다.

코끼리의 주름 같은 이마를 더 상상하기 전에
남은 길을 스스로 빛을 찾아 떠납니다.
슬픈 길 고독한 길 꽃길 행복길 우리는 가고 있다

가기 싫어도 가야만 하고 가고 싶어도 못 가는 길
바람이 나를 흔드는지 내가 바람을 흔드는지
아픔도 슬픔도 같이한다,

나의 길에 나의 마음이 담겼다면 좋은 길이고
아니면 길들여진 항해만 지속하든지
길이 아니면 기꺼이 항해를 포기하리라.

나의 귀속을 씻어 내리고 파도의 마음이 전해지면

비로소 다가오는 너의 목소리

비우라고, 놓으라고 외치는 그대의 소리

오는 것 가는 것 그리고 갔다가 또 돌아오고

모든 것이 거기서 거기인데

보이는 모든 것이 환희와 만족으로 돌아왔으면....

사랑은 시를 만들고....

그대에게 하고 싶은 말은
"당신이 최고야 사랑해" 그 한 마디 밖에
찾을 수 없었어요

지치고 힘든 세상의 무게에도 오직 나만 보고
슬픈 내 삶 속에 작은 불꽃 하나 심어준 그대
하늘 아래 내가 곁에 있는 것만으로도
행복할 수 있는 그 사람

그렇게 유일하게 날 사랑했던 단 한 사람
세상의 어떤 수식으로도 표현할 수 없는
나를 아껴 주었던 사람 바로 당신입니다.

온 세상이 절망으로 변한다고 하여도
나만은 믿고 긍정으로 보아준 유일한 그대
자신보다 더 나를 끔찍이 사랑해 준 당신

당신을 위해 쓴 사랑의 시는 당신의 가슴속에
별이 되고 보석이 되었습니다
당신은 밤하늘의 찬란한 별이 되고
사랑은 시가 되어 흐릅니다.

제목 : 사랑은 시를 만들고
시낭송 : 박영애
스마트폰으로 QR 코드를 스캔하면
시낭송을 감상할 수 있습니다.

봄을 기다리며

아직 이른 봄은 저 멀리 있는가
내리는 하얀 봄꽃은 내 가슴에 내리고
너를 기다리는 긴긴날 그리움으로
온밤을 지새울 때

뜨겁던 환희가 그립던 추억 뒤안길에
그리고 하얀 시린 발자국
손바닥의 온기에 이별을 부르는
그리운 사랑아

옛사랑과 같은 포근함을 안고
하얀 백합이 떨어져 내릴 때
그대의 겨울은
아직도 뜨거운 열정이 존재하는가

그대를 닮은 예쁜 눈꽃이
내 가슴에 내릴 때
사랑의 미련과 기다림으로 멍들고
오롯이 가슴에 안기는 당신의 봄을 기다립니다.

아빠 기러기

오늘도 흐느적거리는 발걸음
기계가 되어버린 듯한 육신
널브러진 영혼에 새장 속의 환희는 사라지고
짝 잃은 원앙 황혼의 고운 꿈은 멀어졌다.

해지는 저녁이면 외로운 둥지 눈물 뿌리고
외로운 밤하늘만 울고 가네.
계절을 따라가는 수만 리 고향길
이대로 둥지 떠나 그대 보고 싶어도

갱년기에 지쳐버린 축 처진 날갯짓
이제는 말라버린 눈꺼풀
짊어진 어깨 너무 힘들어
먼 창공 밤하늘 멀어진 고향 그리워

어쩌다 헤어짐에 다시 만나서
설렘의 날갯짓 하고 싶지만
때가 되면 내가 갈 곳 정해져 있으니
꿈에도 그리는 가족 만날 수 있을까?

사랑 그리고 그리움

긴 울림으로 솟아오르는 그리움
새하얀 도화지에 색칠하면
깊은 곳 지우고 싶지만
지울 수 없는 어두움 하나

어두움을 사모하며 중독된 샤넬 향수에
한줄기 눈물 흐르고
이 한 몸 그대를 위해 이 밤 불사르면
저리도록 스며드는 야윈 그리움

그린 그림 고이 간직해 놓았더니
긴 어두움이 되어서
다시 그리움으로 돌아간 그대

익숙해진 외로움 새벽을 가로지르고
안개 속의 행군처럼 온몸에 스며든다.
이 밤도 그대 향한 그리움
하얀 밤과 동거하며 그대를 그리워합니다.

수은등

나에게 당신의 그리움이
깊어질 때면
나는 더욱 고개를 숙이겠지요.

내 가슴의 작은 불빛 아래
오늘처럼 비바람이 치는 날
그대가 그리운 날입니다.

마지막 불꽃을 태우려
애타게 부르짖으며
희미한 빛을 뿌려봅니다.

당신은 언젠가 알겠지요
내 가슴속에
그대를 기다리는 작은 등불이 있음을

흐르는 세월 긴긴날 외롭게 서 있어도
언젠가 돌아올 당신을 위해
더욱 고개를 떨구고 맙니다.

 제목 : 수은등
시낭송 : 최명자
스마트폰으로 QR 코드를 스캔하면
시낭송을 감상할 수 있습니다.

파도의 연서

슬픈 바람 소리에 흔들거리는
너를 바라보는 눈가에는 어느새
너는 나의 심장이 되고 든든한 멘토가 된다.

다가왔다 떠나는 그 길에
홍진에 젖은 내 영혼을 씻어주고
나의 빈 가슴을 관통해 휘몰아친다.

쉼 없이 다가서는 외로움을 뒤로하고
짙은 그리움으로 다가오면
너는 기꺼이 내게 와서 입맞춤한다.

아~ 너는 언젠가부터
너는 나의 가슴이 되고 외로움이 되고
그리고 그리움으로 다가왔구나.

떠나가는 너에게 외쳐 부른다.
조각난 나의 심장에는
아직도 아름답게 남아있는
그대가 그립다고 전해다오.

빗속의 해후

내리는 밤비
또르르 또르르
그라스에 담아 마셨다.

빗소리에 담은
그리움까지 마셔버렸다

내리는 빗소리
주룩, 주룩 먼 메아리 되고
하얗게 내리는 환영은
내 가슴의 슬픔이 되었다.

내리는 밤비는 결국
슬픈 노래로 변해 다시 만나고 말았다
결국에야 비바람으로 흔들어버린
가슴의 숨겨진 그리움과 만나버렸다.

한 사람

예쁜 손편지에 떨어지는 눈꽃 하나
보내고 싶은
한 사람이 있습니다.

꽃샘추위 고운 새싹 내 마음 흔들 때면
아련히 생각나는
한 사람 있습니다.

들판에 꽃길 따라 거닐며
먼 기다림에 지쳐서
와인 한 잔 마실 때
문득 기억나는 한 사람 있습니다.

공원의 쌓이는 낙엽 밟을 때
같이 걸었으면 하는 한 사람
있습니다.

흐르는 세월도 그리움의 연을
놓을 수 없어서 눈꽃 내리는 이 밤
그리운 한 사람 있습니다.

제목 : 한 사람
시낭송 : 박영애
스마트폰으로 QR 코드를 스캔하면
시낭송을 감상할 수 있습니다.

그리움

그리워 그리워
죽는 줄 알았습니다.

떠난 그대 그리워하며
그리움에 고팠습니다.

그대 올 때까지
외로움의 허기를 채웠습니다.

그대 닮은 보름달이 뜰 때까지
배가 고파 먹었습니다.

달마다 한 번씩 오는 그대 기다리다
초승달이 되었습니다.

그믐 지나 그대 다시 오는 보름날
환하게 웃겠습니다.

일광역에서

추억의 간이역에서
콧노래 부르며 회상의 벌판으로
작은 대나무 낚싯대 하나

마음 하나는 집시와 친구 되고
오랜만의 외유에 올해 처음 나서는
마지막 여백의 시간에 정점을 찍는다.

마음의 들판 한 켠에 남은 두려움과
오만함을 무겁게 내려놓고
힘차게 찌를 던진다.

가슴에 넘치는 격랑의 파도를
넓은 그리움의 바다에 담그고
마음은 또다시 집시가 된다.

하지만 침묵하며
먼 곳에서 밀려오는 파도 소리를
안주 삼아 솟아오르는 시심이야
어쩔 수 없지 않은가?

복수(復讐)

세월이 흘러
나이테가 점점 견고하게 익을 때쯤
꽃이 피어 수많은 열매와 가지가
무성해지는 것도
소리 없는 아우성으로 외쳐 불러도

세월은 흐르는 냇물 같이 흐르면서
가는 길을 멈추고
잠시 방황하는 나를 습격할 때
너의 테러에 당황하고야 만다.

바람같이 물결처럼 달려온
삶의 길에 후회와 아픔의 이름으로
세월은 내리치는 천둥같이
두드리며 반격을 하지만
잠시 멈추고 사랑과 겸손의 소중함으로 대응한다.

서러운 이별은 보내버리고
세월은 나를 목매달아 끌고 가지만
새로운 설렘 그리고
희망의 수채화의 부적을 펼쳐 보인다.
언젠가 노을을 바라보며
한 잔 술을 들이켜는 그날을 위해.

꿈속에서

플랫폼으로 다가오는 열차
어느새 나는 관통되어
홀로 남겨져 길가 모퉁이에 처박히고

기다림과 그리움의 연속에서 다가오는
아쉬움과 초조함
지우려 해도 다가오는 그리움

그리움은 내가 지쳐서
비포장도로에 나를 쓰러질 듯 밀어 놓고

힘 빠진 기다림은 그리움을 용납지 않고
날이 새면 다가오는
절망이란 호흡과 마주한다.

새날이 오면 또다시
현실에서 솟아오르는 외로움.
그리움은 깨지 않기를 원하는 애증의 연속일 뿐
또다시 긴 기다림은 당신을 만나러
새 꿈을 꾸는 것일 테지요.

하얀 입술

슬픔에 퇴색되어 말라 버린 하얀 입술
허공에 힘주어 노려봐도
어두운 나락으로 내친다.

밤새워 뿌린 임의 슬픔의 찌꺼기
그렇게 못 이겨 힘이 다하였나 보다.

이별이 싫어 기도하는 가지의 애원에도
하얀 면사포 이제 벗어 버린다.

연약한 몸 땅에 누이면서
짧은 사랑 뒤로하고

잎사귀 풍성하길 기도하며
허공을 보며 웃는다.

비 꽃

오라는 눈은 없고
사르라니 내리는 빗속에
철모르는 어린싹들 즐거워하고

방울방울 맺혀있는 작은 보석
무리 지어 포옹하니
정겨움에 소박한 행복을 노래한다.

움켜쥔 사랑 서로를 확인하듯
오랫동안 입맞춤
메마른 가지들 소중한 새싹을 격려하고

방울지어 떨어지는 소중한 꽃잎들
이별이 서러워 너의 긴 침묵의 헤어짐에
아련히 내리는 그리움 하나.

온천천 풍경

안개인지 미세먼지인지 온통 잿빛 하늘.
고심으로 설계한 도시의 조각들
서툴게 설계한 작품들이 하나둘 흐려진다.

호호 불던 까만 손으로 붕어빵 굽던
풀빵 아저씨와 따뜻한 커피가 그리운 시간이다.

기다리는 임의 소식은 없고 잿빛은 더욱더 진해지고.
해질 저녁 기러기 울음소리
멀뚱히 지켜보는 왜가리의 등도 외롭다.

무너지는 시간 속으로 빠르게 다가오는 어둠
잠시라도 붙잡고 싶은데
둔중한 온천천의 교각이 나를 매달고

앞서가던 사람들의 모습이 흐려지기 시작하면
그 사이로 노을이 환한 웃음으로 내 눈 안으로 초대하면
그리움이 눈송이처럼 내렸던 그날이 그리워진다.

겨울바다

시절의 아픔을 견디지 못해
성난 파도는
지난 계절의 열정을 지워버리고

넓고 푸른 너의 그릇에
그리움을 섞고, 아픔을 섞고
짭조름한 양념이 된다.

너는 파도와 함께 그리움으로 울고
지친 이의 무거운 짐을 받아 늘 흐느끼는가

갈등과 번민 속에 다다른 곳에
어머니의 가슴같이
기다려주는 속 깊은 친구이었던가

그리움과 회한과 번민에
시린 겨울바람에
나의 영혼이 조금씩 식혀만 간다.

난민(難民)

더 늦기 전에
내가 사는 이곳이 아무리 거북해도
너머의 삶이 더욱 가치 있고
영원한 의미라고 해도
잠시 왔다 가는 나그네의 삶.

없어지고 돌아올 수 없기에
새로운 하나의 시작은
紅塵에 썩은 세상의 치열한 삶
떠돌이로 변한다.

타인과의 배려와 문화적 가치의 상실은
어느새 나그네의 일원으로 변하고

순간적으로 지나가는
작은 인정의 따뜻함으로
미소를 지으며 벗어날 수 있어도
다시 돌아서면 또다시 난민이 되고 있다.

발자국

우연이 아닌 수많은 지난 흔적의 발자국.
나는 어떤 마음으로 걸어왔을까

세월의 수레바퀴를 되돌리며
가혹한 진리를 새삼 깨닫는다.

살아 있음의 작은 의미로 싫던 좋던
꽃을 피우고 낙엽을 떨구어야 한다면

때가 되면 손을 놓기는 마찬가지라도
고운 열매를 맺는 나무이고 싶다.

낙엽을 따라 바람처럼 날아보리라
물처럼 흘러보리라
산처럼 높고 푸르고

한 걸음씩 밟아가는 모든 것을 포용하는
흙 내음 맡으며 다시금 또 밟아보리라

길

아무도 대답하지 않는다.
여기가 어딘지 모른다.
알 수 없는 사이
차츰 작아지는 석양을 보면서
조금씩 노을이 사라지면
누군가 세상을 떠나고 싶은 날
나는 길을 잃었다.

너를 바라보는 나의 시선은
파도처럼 바스러지고
무한한 공간에 빠져든다.
언젠가 하얀 세상이 되면
마음껏 생명의 가루가 되고
눈물이 되고, 환희가 되고, 사랑이 된다.

한 알의 가루가 사랑이라는 낱말이 되어
손안에 녹을 때 잊었던 사색들이
다시 모여 나의 길을 비춘다.

진입금지

가려는 곳 많으나 가야 할 길이 아니고
가려 해도 갈 수 없는, 넘지도 못하는 시공의 아픔
다시 또 회색빛 침묵으로 방황을 끝낸다.

화려한 유혹 위에 영혼의 순결이 그리운 이유는
내면의 갈등을 부추기며 다가오는 불꽃 미련
순식간에 새로운 허허로움을 남긴다.

내리는 빗소리에도, 파도의 속삭임에도,
호젓한 산책길에서도 나그네 되어 방황하는
또 다른 나의 깊은 곳의 안이함이 좀 벌레로 변하고.

그대의 편안함이 아무리 극세사 방석이라도
그대의 목소리가 아무리 달콤하여도
타버리고 남은 숯덩이의 모습으로 변하는구나.

아름다운 골반을 흔들며 내게 다가오는
눈부신 모습이 내 가슴에 소용돌이칠 때는
절벽을 향해 부딪치는 파도가 되어 감당할 수가 없는데

뜨거운 장작불의 열기가 검은 가슴을 만들어도
내려놓지 못하고 소중한 것을 잊고 살아갈 길목에
나아갈 수 없는 공간의 아픔을 안아야만 한다.

광안대교

만 가지의 색상의 조화와
팔 킬로의 늘씬한 미인 뒤에
따라오는 달그림자
혼돈의 시간 속에 잃어버린 나를 찾는다.

언제나 기다려 주는 변함없는
말없이 행동하는 파도의 손짓 .
이끼에 반 팔 입은 방파제는
가락에 맞추어 노래하고

대교의 꼭대기에 걸린 반쯤 먹혀버린
굶주린 여인의 허리는
어둠을 제치고
내게 조금은 밝은 옷을 입힌다.

영겁의 세월 속 수없이 두들겨도
성난 파도를 말없이 포옹하건만
둥글지 못한 내 모습 언제쯤이면 너를 닮을까

셔츠의 깃 사이로 헤집는 바람의 속삭임에
내 몸을 담그고. 반복되어 흩어지는 물거품의 뚝심에
내 심장의 조각난 파편과 교환한다.

자정 넘어 외치는 나의 가곡 소리는
가라고 외치는 바람에 묻혀
목젖은 말라가건만
여전히 내게 겨울 바다는 늘 다독이는 어머니.

무거운 가슴 파도에 돌려주고
돌아서는 발걸음 뒤에
어느새 내 어깨는
뒤따르는 또 다른 무거운 달이 얹혀 있다.

가을편지

가을이면 오는 것보다 보내고 가는 것이 많지요
지쳐버린 저녁 가을바람은 홀로 심장에 머물고 있습니다.
그리움을 어쩌지 못하고
어쩌다 삶의 이쪽, 저쪽에서 마주 보고 있는지
흔들리는 세월에 떠밀려
어둠의 유혹을 멀리하고
한없이 달려온 고독
때론 하얀 고독을 새벽과 동무하며
한 줌의 기다림으로 몸을 태우는 열정이 있어 그래도 좋습니다.
마른 몸뚱이 하나가 앙상함을 드러내며
저녁 찬바람에 매달려 있고
나는 아직도 가을의 나그네인가 봅니다.
쌓이는 낙엽의 무게를 가슴으로 느끼는 시간이기에
산기슭에 모여 서로 부대끼며 날리는 바람은 그대의 속삭임 자체입니다.
잠시 머물다 가는 시간 사이로
풀잎 하나도 지난 세월 영화를 미련 없이 두고 가는데
긴 세월 놓지 못하는 미망의 끈, 가을은 가며 웃습니다.

꼭 그대여야만 하는 당신의 향기와 설렘의 긴 그리움을
그대가 떠난 가을에
이제 가을도, 나도 놓으려 합니다.

임의 눈물

메마른 대지에 뿌린
임의 사랑과 열정의 눈물 꽃
이토록 아름다운 조국의 하늘
단비가 내리네.

피어보지 못한 서러움과 외로움
청춘의 고운 꿈 낙화가 되어도
조국의 미래를 위해
한 몸 던지신 임이여!

유월의 단비 가신 임의 눈물인가!
외로운 애국 혼 하늘도 슬퍼하며 눈물 뿌리고
산야에 뿌리는 임의 의로움
그날을 기립니다.

임이시여! 보소서
그날의 잿빛 하늘, 이토록 푸르건만
임의 기상 어디 가고, 안개 짙은 이 조국……
그날의 열정 상기하여 임의 조국 지키소서.

반성문

마침표를 찍을 때면 앞쪽을 본다.
때가 되면 내려놓을 줄도, 돌려줄 줄 아는
환한 이별을 즐길 줄 아는 사람으로

스스로 선택한 작은 소롯길
어둠의 저녁은 다가오고
마지막 촛불의 심지가 연소하는데도
질기게도 허욕을 쫓는 군상들

한 걸음이 천금의 무게가 되어도
아직도 밝아 오지 않는 여명을 기다리며
맨몸뚱이 새벽바람 차가워도
누군가 거두어 갈 어둠을 지켜본다.

붉은 옷을 입을 때까지
새로운 출발, 여백을 채우기 위해
하지만 남은 여백은 목화솜처럼
조금은 따뜻하게 써 볼까 합니다.

잃어버린 얼굴

두려움 없이 약속의 땅만을 고집하고
세상과 겨루며 달려온 세월
기억 못 할 작은 일 한 꺼풀씩 벗긴다.

아쉬움, 그리움, 후회와 황혼의 거울을 보며
어느덧 먼 산에는 눈꽃이 피고
오만과 방종을 버리고 만족하는 모습을 본다.

높은 소망의 꿈, 다 버리고 작은 기쁨을 찾는다.
언제나 진실을 보여주려고 침묵으로 일관하지만
세상에 한없이 울어버린 굳어있는 연약함.

세월 따라 변해버린 낯선 이방인
아직도 열정이 넘쳐 온몸으로 사랑할 수 있다고
매일 흐르는 세상의 모진 바람 이기려 한다.

달려온 세월만큼 쉬고 싶지만
무거운 발걸음 미래를 조각한다.
참으로 실패를 싫어하고
나그넷길을 싫어하는 한 사내를 보았다.

나의 시

비워야 한다고 생각하고
늘 비웠다 해도, 다시금 찾아오는 오만과 욕심
한 줄기 맑은 빛, 보기 위해 오염된 영혼을 버린다.
하지만 늘 목마른 갈증뿐

오늘도 수십 장의 초고와 긴 시간 다투어도
모두 다 미완으로 그냥 묻어 버렸다
찢기고 메마른 내 영혼
내리는 빗속에 다시 씻고,
한편의 감동을 그리길 원하는데

가볍지도, 무겁지도 않고
그리고 난해하지도 않고
그냥 누구를 위함도 아닌 다만 나의 가슴이
두근거릴 수 있는 그런 시를 쓰고 싶은데
세상의 유혹이 내 발목을 잡는다.

내 영혼이 목마르고 아픔이 있을 때의
진정한 친구는 너 일진데
영혼의 황폐한 대지를 갈아엎고
세상의 창살에 벗어나
푸른 창공을 훨훨 나는 자유로운 시를 쓰고 싶다.

놓으려 해도

흐르는 세월, 추억의 산천은 말이 없고
그리움 먹는 오솔길, 지친 걸음 하나에
해 저문 들녘, 절반 넘은 닮은꼴

철마다 피는 꽃 헤어짐에 마음 접히고
보이지 않고, 만질 수 없어도
가슴에 가득 채워진 회한을 돌려세운다.

모처럼 갠 날 창문 넘어 푸른 액자,
보석 같은 하늘 욕조, 내 몸을 담그고
갇혀버린 하얀 구름 내 영혼을 씻어준다.

먼 하늘 그리운 임. 바람결에 다가와도
상실의 계절은 어김없이 다시 오건만
그리움을 내려놓을 곳 그 어느 곳에 있을까

긴 무거움에 힘들어 놓을 때도 되었건만
푸른 하늘 수놓은, 구름 위에 놓으랴
아니면, 꽃향기 전하는, 바람결에 놓으랴

그리움보다 진한 세월의 아쉬움보다
이루지 못한 꿈, 놓지 못하는 그리움
그리고, 내키지 않는 지친 걸음이 서러운 것을

봄의 숨결

서러움의 먼 길을 지켜온 산비탈
곳곳에서 단장하며 내미는 푸른 입술
차갑고 그늘진 긴 아픔 뒤에 아름다운 미소

한기를 뒤로하며 온기를 채우고
또다시 잉태하는 생명
날마다 변화의 시간에 머뭇거리고
자연의 바람결이 편하다.

더러운 짓거리 아니 해도
대지에 솟아오르는 온기만으로
모든 한기와 비밀을 토해내는 치부
진실을 알게 한다.

만들어지는 과정이 삶의 현실이라도
푸르름을 외면할 수 없기에
단장한 미인처럼 다가서는 여인이고 싶지만
아직은 찬바람 막아서 의미가 없구나.

내 머리와 가슴이 더워지기 전에

너는 먼저와 기다리는가.

마음은 아직 춥고 따슨 손길 기다리는데

너는 벌써 이만큼 왔구나.

잠시 멍했던 내 생의 한 부분이 지나가는구나!

미안해, 그리고 사랑해

가슴 밑바닥에서 솟아오르는 슬픔
그리고 목멘 한 마디.
헤어져 멀리 있어도 너무도 소중한 그대
같은 하늘 아래 있다면,
멀리서라도 지켜볼 수가 있으련만

사랑이 무엇인지, 그리움이 무엇인지…….
그대가 행복할 수 있다면,
그리움을 누를 수 있다고 생각했는데
가슴의 깊은 바다, 흐르는 그리움은
수많은 나의 시간을 멈추게 하였다.

지금은 보내야 할 때라고,
혼란의 연속에 정작 가슴에 담은 말 묻어버리고
회색 그림자를 남기는 그대의 뒷모습
다시 이별의 그 시간, 돌아온다면
놓치지 않고 보내지 않을 것이라고,

아픈 사랑이라도

끝까지 그냥 옆에만 있어 준다면

얼마나 나를 사랑하는지 알면서도

억지로 멀리한 걸음 따라 짙은 그림자 뒤에

누군가는 아프고 고통 속의 긴 시간인 것을

그대를 탓한 것도, 세상을 원망한 것도 아닌

그대의 평안함이 나의 작은 위안이란 착각 속에

담아둘수록, 세월이 흐를수록,

더욱 애틋해지는 것이 사랑인 줄은 알지 못했다.

미안해……. 그리고 많이, 사랑했어.

두 팔로 초록비 안으며

비가 촉촉이 오는 이 밤 지새도록
대지를 적시며 내리는 빗속의 상념
빗방울의 흐르는 모습에 사랑이 보이고
흐르는 방울들의 리듬에 허허로움을 본다.

비 오는 날이면 또다시 비를 맞는 아련한 추억.
비에 젖은 머릿결 살며시 가슴으로 안을 때
미안해요, 라고 힘겹게 말하는 떨리는 목소리
아련한 그리움 환청, 가슴에 품는다.

나의 두 팔은 내리는 초록 비를 한없이 안고 있다.
그녀는 레이스가 달린 드레스를 좋아하고
물방울처럼 수정 알 달린 블라우스를 좋아한다.
빗속을 장화 신고 타박타박 걷는 것 좋아한다.

두 팔로 사랑하는 사람을 안아주고
하늘을 보며 이룰 수가 없는 꿈을 품기도,
귀밑머리 쓰다듬어 고운 입술 매만지며
사랑하는 사람의 아픈 가슴을 가만히 안아 주기도
보석보다 더 귀한 눈물방울, 닦아주던 손길을……

가슴에 너무 깊이 들어와 버린 사랑이 너무 아파서
사랑했다는 말도 설레었다는 말도
사랑은 언제나 행복한 것만 아니라고 말하는 흐느낌에
굵은 빗소리가 막아버린다.
두 팔 위에 내리는 초록 비는 어느새 나의 눈물이 된다.

유월의 향기

지쳐 버린 하루해는 노을을 토해내고
더운 바람 밀어내고 다가오는 먼 산
내 손에 가득 찬 엄마의 분 냄새

짧은 시간 너의 사랑 이토록 서러워서
이별의 아픔 가시마다 맺혔으니
고운 살결 마디마다 사연으로 뭉쳐있고

세월의 아우성에 꽃비 뿌려 화답하니
바람결에 들려주는 너의 과거사
남긴 정 아쉬움에 닫힌 가슴 붉어진다.

절반 넘긴 한 해는
아직도 들길 헤매는 내가 가여워
주고 간 살가운 향기, 내 가슴을 애무하고

내 눈을 멀게 하는 해 지는 먼 산과
옅어지는 노을의 남긴 숨결 내 가슴을 적실 때
바람결에 풍기는 황홀한 미소, 시인을 부른다.

나의 노래

소년은 들판의 푸름과 정기를 받았다.
달리는 소년은 태양보다 붉었고
꿈은 창공의 솔개보다 높이 날았다.

오월의 빨리 시드는 장미 뒤에
퇴색한 영광의 들판을 지나면서
세월은 면류관을 시들게 하고
사나운 바람으로 명예의 옷을 벗겼다.

힘이 다해버린 세월의 죽음을 보면서
초원을 달리는 푸른 갈기는 흐트러지고
흐르는 시간에 색 바랜 영광을 내어 준다.

운명을 가로지르며 외쳤던 노래를 기억하고
현재를 먹어버리고 짙은 그림자를 남겨버린
과거를 돌려세워, 긴장과 자극을 다시 찾는다.

이제 창공의 꿈은 세월에 던져버리고
의미와 가치와의 동침을 사랑하면서
백색 갈기 날리며 초록빛 하늘을 달린다.

현재를 포용하고 미래를 손짓하며 부르는
나만의 노래.

제목 : 나의 노래
시낭송 : 최명자

스마트폰으로 QR 코드를 스캔하면
시낭송을 감상할 수 있습니다.

비상출구 계단

오늘도 18센티 높이의 태산 같은 장애물
한 걸음 두 걸음 능선을 오른다.
나에게 묻는다. 승강기는 됐다. 뭐하나

줄 대기도 없어 타지도 못하는데
웬 승강기……
늘 세월의 한쪽 벼랑을 타고 걷는다.

길을 잃은 것도 아닌데 휘청거리고
지쳐 느려 빠진 시간을 당기며
모퉁이 원을 그린다.

늘상 그렇게 세상의 믿음에 발목 잡히고
한 칸씩밖에 오르지 못하고 지친
나를 보며 푸념하며 찌푸리는 각진 모서리.

이제 고지가 바로 저긴데…….
긴 한숨에 어깨 걸치고 또 한 능선에 다다른다.
지나온 길 돌아보지 않고 마지막 능선을 올려다본다.

마지막 모서리가 애처롭게 쳐다보며 웃고 있다.
지금까지 잘도 이렇게……. 수고했다고

謹弔燈 (근조등)

샛바람이 불고, 진눈깨비 내려도
때가 되면 오가는 영속의 세월.
계절의 시간은 꾸지도 않고 빌려주지도 않는
오가는 계산이 철저하다.

어둠 속의 시리도록 붉은 홍등 아래 나부끼는
푸른 나비의 춤사위는
가슴의 허무감에 북을 치면서
이름 석 자 전사하고 먼 길을 간다.

또 하나의 별이 검은 호수의 가운데 빠지면
괜스레 흐려진 동공에 붉은빛이 잠기고
대신할 수 없는 외로운 길
얼마나 짊어지고, 내려놓았는지 —

바람도 외로움에 여기저기 마실 다녀도
밤잠 못 이뤄 외로움의 바다에 빠진들
어차피 한 번밖에 읽지 못하는 나만의 책
이제 얼마 남지 않은 여분의 책 꼼꼼히 읽어 가리라.

자유인

영혼에 박힌 양심의 가시
당신은 사하였으나
자신은 용서 못 하는 마음
당신은 아시나요.

당신의 놀라우신 사랑
나를 채우는 시간을 위해
수많은 날 엎드려 흘린 눈물
무슨 소용 있으리오.

그냥 묵묵히 당신을 보며
험한 인생길 걸어가려 합니다.
고요 속에 기도하며
당신을 만나도 할 말을 잃고…….

당신의 향기를 느끼면서도
읽지 않은 책처럼
쌓여가는 후회는 깊어가고

소망의 아픈 언덕을 넘으며
무디어진 아픔의 상처
한쪽을 부여잡고 있습니다.

다시금 긴 여행을 떠나기 위해
자유인을 찾아서…….

바람이 머물고 싶은 곳

구름 한쪽 회한(悔恨)을 걸치고, 오연(傲然)함으로 떠돈다.
기약할 수도 없는 영원을 헤매고
빨리 가지 않아도 좋은 길이기에

저기 넓은 세상 꿈꾸는 너의 상념 잡아주랴
뚫린 너의 영혼 채워주랴,
아니면 세상 시름없는 곳 데려주랴

나의 상념을 흔드는 그리움이 너였더냐
세상 찌든 나의 영혼, 낙수로 씻어내고
소식 없이 왔다가 소리 없이 가버린다.

가끔은 주름진 볼을 쓰다듬는
연인의 손길 같은 너를 의식하며
아른거리는 햇살에 조금은 쉬고 싶다.

그리고 봄의 환희에 노래하는
이파리의 속삭임에 머물면서
네가 나를 불러 줄 때 기꺼이 대답하리다.

머물러 달라고…….

포옹

넓은 화선지에, 온갖 그림을 그린다.
어깨춤을 추며 때론 콧노래도 부르며
화가 날 땐 忿怒로 변하여도
스치는 미풍에도 일일이 챙겨주는
가슴 포근한 사랑스런 엄마다.

쉰 목소리의 갈매기와 교감도,
주위의 모든 환상과 노래하며 춤춘다.
가을에는 푸른 하늘과
뭉게구름과 입 맞추고

겨울이면 내리는 눈도 포옹한다.
기분 좋아 잔잔하면
모퉁이 뚝섬의 소나무도 함께하고
쪽빛 하늘 지는 해
색동옷 고운 색시 옷고름도 풀어준다.

변화에 순응하며
인생사 하소연 무언으로 답한다.
지금도 너는 四季와의 조화와 중용에 화답한다.
바다는 나에게 이렇게 살라고......,

실 낙 원

환희를 잃고 휘청이는 봄
기다리는 생명, 마음을 열었는데

꽃향기 대신 풍기는 세상의 역겨움
억겁의 영속에 약속 지킨 계절이건만

긴 기다림 속에 그대는 봄의 이방인
기다린 봄은 왔건만 잊지 말란 한 마디

봄을 외면한 그 자리엔 꾸지람의 인생
끝이 없는 이기심에, 봄볕에 소름만

흔들어 버린 봄의 낙원 이처럼 서러워
푸른 하늘, 구름도 미안해서 외면하네.
슬프게 봄은 가고, 이것이 실낙원.

* 세월호의 아픔을 보며

약속

꼭짓점을 찾던 반평생 내려오기 힘들다.
먼 기다림에 잃어버릴 것 같은 초조함.

쉬이 잊을 줄 알았던 침묵의 금기
채우고 보태기만 하는 운동밖에 몰랐다.

돌아갈 수는……, 장히 먼데
무거운 등짐, 많이도 실었다.

들어오면 나가고, 가면 오고, 만고의 법칙
가진 것은 얻은 것인데 놓을 수 없으니

때가 되면 나올 때의 약속은 무엇인가
들어갈 때면 내려오고 놓아야 함을

잘도 여기까지……,
나올 때의 약속을 지켜야 하는데

별이 되어라

안타까움아! 별이 되어라.
눈물아! 별이 되어라.

아픔도, 설움도 버리고
빛난 별이 되어라.

슬픔 안고 떠난 고운 눈망울
어둠 세상 밝히는
찬란한 별이 되어라.

반쪽만 어정거리는
대한의 뒤안길 비춰주는
등대 같은 별이 되어라.

혼란스러운 우주의 연속에
푸른빛을 밝히는
찬란한 별이 되어라.

놓아버린 고운 꿈
온 누리에 비추어
원망과 미움 버리고

사랑으로 감싸주고
포근하게 비춰주는
아름다운 별이 되어라.

준비중

모진 겨울 힘자랑 돌봐주는 이 없어
새끼 한 줄 감아준
늙은 동백 밑둥치.

하늘 아래 저 혼자지라
맨몸으로 견딘다.
팔자려니 이젠 이골이 났네.

추운 날들 보내면서
맺힌 것이 많은데
등 따습고 배부른 것이 최고란다.

따신 것에 맺힌 것이 많아
이제야 늦은 지각생이다.
가슴에 하루하루 예쁜 꿈 간직해

날 보고 따신 마음 가져 보라고
제일 늦게 피어나서
나에게 보여 준다.

아가 손 마냥 작은 꽃망울들
참고 견디면 좋은 날이 피어남을
조금이라도 느끼시라고

이제야
봄 햇살에 살포시 준비 중......,

민들레의 꿈

작은 햇살 틈 사이 곱게 핀 초록의 꿈
모진 삶의 아픔에 뿌리내린 긴 기다림

어머니가 내려앉은 억척스러움에 반하고
질긴 투쟁이 대견스럽다.

바람이 찾아와 너를 불러올리면
삶의 스위치를 내리고 하늘에 춤춘다.

원치 않는 인연 찾아 너의 영혼 흔들 때
외로움을 먹으며 기다림만 믿는 홀씨

겉멋 부린 긴 여정 멀찌감치 떼어놓고
푸른 하늘을 머금는다.

긴 외출

무덤가에 핀 한 송이 할미꽃이 있다
늘– 한쪽만 바라보는…….

나 홀로 떨어져 무슨 생각을 하는지
긴 외로움에 허리까지 굽었네.

모여 있음이 싫은지 왔던 곳이 그리운지
한 줌의 허리, 힘들어 고개 숙인 너

언제나 긴 사색의 시간에서 돌아와
활짝 핀 모습으로 푸른 하늘을 돌아볼까

긴 방황에서 돌아갈 길을 기다리며
먼 곳에서 놀러 와 갈 길을 잃었나

한 송이 할미꽃 긴 외출이었나 보다.

낡은 사진첩

흘려보낸 매 순간, 세월의 뒷모습.
시간의 계절이 숨 쉬고 있다.

때를 알고 떠나가는 너의 그림자는
비워진 세월 속에 없어진 공간을 채운다.

색 바랜 시공 속에 숨겨진 조각들의 흔적
세월의 소용돌이 속에 쌓인 애증의 순간들

과거를 넘기는 주름진 손길 따라
투영되는 페이지 속의 남긴 수많은 환영

미망 속에 솟구치는 찰나의 소용돌이에
허허로운 그리움은 말없이 나를 본다.

화려함도 아픔도 사랑해온 사진첩을 닫으며
식어가는 커피잔을 살며시 내려놓는다.

하루

새벽의 몸부림으로 새날이 오는 것인지도
침묵 속에 고요함, 등지고 앉은 어둠이 밉다.

일상의 사라져가는 시간의 주검을 보면서
쌓이지도 보이지도 않는 반복이 무섭다.

목마른 노을 별빛을 위해 화려함을 태우고
시간 따라 소멸하여 가는 나의 하루

인연, 추억, 삶의 질 따라 변하는 삶의 무상
불러도, 그리워해도, 때가 되면 사라져버린다.

지친 삶에 헉헉거리는 하루의 시간도
기쁨과 감사의 하루도 다를 바 없다.

옷 한 벌 없는 벌거숭이 이름으로 다가와
세월에 정들기 싫어도, 보내기 싫은 설움의 하루.

가슴의 나무

한 그루의 나무를 키우고 싶다
나만의 세계, 나의 삶 속에 자라는 너

내면의 턱없이 부족한 나의 소양이
너를 피폐하게 하여도

나에게 뿌리내린 너는 행복하단다.
너의 토양은 나의 열정이고 너를 사랑함이니

내 나무는 나의 영혼과 만남으로 시작해서
고운 싹을 틔운다.

너를 만남에서 배우고, 너를 키우면서 깨닫는다.
떨림 속에 행복을 꿈꾸고, 기쁨을 찾는다.

내 영혼 깊이 뿌리 내려 잎사귀 무성하여
고운 열매 맺을, 그 날을 기다리며......,

활주로

촘촘히 퍼져나간 모세혈관
동맥의 젖줄에 연결하고 싶다.

살면서 모가 나고 조각난 아픈 사연
모두 엮어서 인생사 하나로 묶고 있다.

백 년 인생 긴 세월 바람 잘 날 없어도
조각구름 하나가 뭉게구름 되듯이

그리움도 아픔도 소망과 이상도
확 트인 하늘에 담갔다.

창공에 날아서 푸른 강물에 뛰어들고
하얀 꿈을 먹었으면 좋겠다.

그래서 나는 넓고 긴 활주로를
지금도 만들고 있다.

콩깍지 사랑

깍지 속에 숨겨둔 덜 여문 밀월.
고이고이 간직한 미안한 사랑.

언젠가 보내야 할 틈새 사이로
고운 햇살 비추며 온몸으로 애무한다.

터지는 붉은 하늘 거친 숨소리
그대의 사랑만큼 뜨겁지 않아

태양의 유혹이 온몸을 시위해도
내 사랑은 오직 당신 하나뿐

성숙이 이별 되어 그대 품을 떠나도
깍지 속 영원한 사랑 잊지 못해

천년 세월 닳고 닳아 망각의 세월에도
그대와 고운 인연 행복이지요.

외로운 섬

종일 멍하니 스치는 바람 소리
나의 가슴을 흔드는 바람

어디서 다가올 줄 모르는 고요 속에
심장을 두드리는 속삭임.

나의 가슴에 뜨거운 박동에 따라
조용히 멈추며 내려앉은 바람

너를 그리며 가슴 한쪽 비울 때
그리고 너는 나의 무게를 더한다.

가슴에 자리 잡은 너
보낼 수도 마음대로 잡을 수가 없다

제 갈 길을 찾지 못해 허공 속에 맴돌다
내 가슴에 내려앉은 그리움의 무게.

외로운 섬에 자리 잡은 바람
천 년이 흘러도 떠날 것 같지 않은 너의 존재.

보내려 해도 떠날 줄 모르는 바람
너를 포옹할 내 가슴은 작기만 하니…….

시혼(詩魂)을 찾아서

아름다움과 두려움이 다가온다.
두렵다. 많이
너에게 다가가는 것

불러서 손짓하면
내 귀와 가슴은 벼락을 맞는다.
나의 머리가 아닌 가슴을 빠갠다.
타성에 젖은 내 영혼을 갈라놓는다.

나는 나체로 변하고
얼크러진 실타래처럼 뇌를 훌쳐맨다.
뛰다가 멈춰버린 염통

헉헉거리며 다가갈 때
초조와 외로움의 내 모습의 초라함
이제 떠나려는가.
시혼(詩魂)을 찾아서…….

제목 : 시혼을 찾아서
시낭송 : 박영애

스마트폰으로 QR 코드를 스캔하면
시낭송을 감상할 수 있습니다.

2부 사모곡

봄 비

어머니!!

지금은 단지
당신이 보고 싶을 뿐입니다
주시기만 하고 떠난 당신이기에

그 사랑 깊지 못해
가슴속에 그리움에
봄비도 웁니다.

그리워…….
불러 봐도 다시 못 볼 사랑이기에
그 인연 천륜을 하늘 선이 갈라 노니

당신의 가신 날.
마중 나온 봄비

불효자식 그리워
봄비 되어 오셨나요.

당신의 품속같이
부드러운 봄비가 가신 날 오듯이…….

네. 봄비 마중 갈게요
어서어서 오소서…….

식이엄마

참 예쁘다, 그리고 단아하며 곱다.
삼 남매 홀로 키우시며 모진 세파 이기신
울 엄마 곱기도 하구나.

이십육 세 고운 청춘 홀로 되신 울 엄마
그리움 가슴 묻고 홀로 우신 그 긴 세월

인생사 서러움 철모르는 막내 안고
뿌린 눈물 이슬 되어 풀잎마다 맺혔으니
주고 또 주고 마른 장작 불쏘시개 연기 없이
가버린 사랑하는 그리운 울 엄마

예쁜 이름 던져두고 식이 엄마 한평생
쉰 음식 마다치 않고 불꽃처럼 겁없이
삼 남매 방패 삼아 승리하신 울 엄마

고운 얼굴 간 곳 없이 세파 속 잔주름
자나깨나 자식 먼저 우상으로 모신 엄마
울 엄마 마른 눈물 이제야 알 수 있어

난 무얼 했는가!
불러도 대답 없는 사랑하는 어머니~~
울 엄마…….
우리 엄마 내 사랑

노란개나리

당신이 앞에 계시지 않아도
늘 그리움에 먼 하늘을 봅니다.
홀로 가슴으로 그리움을 마십니다.

엄마!
당신의 손 냄새
엄마의 냄새,
당신의 포근한 가슴이
무척이나 그리운 오늘입니다,

불효자식 고생시키지 않으려고
그리 쉽게 가셨나요?
당신을 향한 사랑
그리움을 담아 작은 꽃송이
카네이션이 아닌
당신께서 좋아하는 노란 개나리 올립니다.

엄마……. 엄마……. 그리운 엄마
당신을 웃기려고
오십 넘은 불효자식
말라버린 당신의 찌찌 만지며
가슴으로 울던 자식 왔다 갑니다.

와도 가도 알 수 없는 그 먼 길을
사랑하는 막내 두고 어찌 그리 가셨나요.
매 정타— 우리 엄마 꿈에서도 오지 않아
오늘은 꿈에라도 귀한 막내 보고 가소

엄마생각

뻥 뚫린 하늘 눈물주머니 쏟아내고
보고 싶던 임 대신 그리움의 정적만이

초점 없이 흐려진 눈가 빗물이 젖어 들고
그리운 옛 생각 하늘 구름 사이 노닌다.

머리엔 하얀 수건 산 빨래하시던 임
철모르는 아이 마냥 산에 즐겁고

임의 사랑 하나면 천하가 내 것인 양
억겁의 세월이 흘러도, 잊지를 못하네.

가신 임 그리워 날밤을 지새워도
주신 사랑 갚지 못한 만고에 죄인이라

하늘 곱게 물든 날 높이 뜬 저 구름아
가신 임 긴 여행 너도 같이 가려무나.

나중에

세상의 맛난 것 다 사드린다고
세상의 좋은 곳 다 구경시켜 드린다고
나중에 내가 자라서

세상 누구보다 효자가 될 거라고
세상에서 제일 예쁜 엄마 철철이 고운 옷 사 드린다고
나중에 내가 자라서

구름과 천둥의 조화 속에 큰비 내릴 제
천정에 새는 비 그릇마다 채우면서
세상에서 제일 좋은 집 지어 모실게요
나중에 내가 자라서

오월의 서러움에 가슴 꽃 무거워 달지를 못하고
어둠에 못질하고 울면서 넘는 길
그리움에 사무쳐도 돌아올 줄 모르니
다정도 병이라 이 밤도 그리움에 우는데

나중은…… 정말 나중이구나
참으로 나중은 정말 나중이구나.

벌써 십 오년

가신지 십오 년
그리움에 지친 지 십오 년
코스모스꽃 같이 고우신 어머니

엄마 생각 그리움에 지친 지 십오 년
그 흔한 꽃구경
좋아하시던 무협영화 더 보여 드릴걸

26세 꽃 같은 나이
홀로 삼 남매 키우시며
긴 세월 눈물로 참아내야 했던
그 어머니의 마음을 헤아리지 못했다

그 아픈 관절염에 못난 자식 위해
긴 세월 새벽잠 설치시며 기도하신 어머니
주고 또 주어 메마른 가지가 되었다.

홀로 가신 내 어머니를 보내고 돌아선
십오 년 전 어머니는 하늘이 되었고 구름이었고
밤하늘의 별이 되었다.

외로울 때도 슬플 때도 기쁨 때도
나직이 불러보는 한마디 엄마~
보고 싶고 그리운 울 엄마....

3부 성시

피조물의 변(辯)

오늘도 계절의 변화는 어김이 없고
흐르는 시간 세월의 분노를 잠재우면

지난 세월 화려했던 밀월
새로운 산고를 토해낸다.

무성하던 푸름과 향기를 아낌없이 내어주고
가슴속에 쌓인 인연의 정 깊어지고

푸름의 향기 속에 다가오면
고운 임 행복의 시간 놓지 못한다.

잃어버린 세월 안타까워 가슴 한 켠 무거워지면
내 영혼을 맑히고 소망을 피게 하는

그대를 보면서 기도할 때
지켜보는 피조물은 조금은 섧기만 하다.

은혜

내가 당신을 처음 알았을 때
내가 사랑한 줄 알았네.
내가 당신 사랑한 것 아니라
그대가 사랑한 것을…….

내가 높이 있을 때
그대를 멀리하였고
내가 낮아졌을 때
그대는 나의 옆에 앉았네.

입술로만 사랑하며
끊지 못한 세상 고리
고독을 씹으며 눈물로 배를 채울 때
일으켜준 붉은 손, 사랑이어라.

용서와 사랑으로 내 가슴 적시니
그대가 오는 곳은, 따스함이 있으니
받고 싶은 세상 영광, 없어도 좋아라.

말씀마다 향기 품어 내 안에 거하니
썩어가는 육신, 드릴 것 없어도
주신 사랑 내려놓고 더욱 비워 보리라.

순례자

내가 진실하라고 말한다.
내가 행복해지기를 바란다고 말한다.

자아는 끄덕이며 시인도 부인도 않는다.
세포 속에 핏줄의 비등점이 뇌리를 치며

침착히, 침착히 하며 진정시킨다.
누굴 위해서도, 신을 위해서도 아닌

먼 길을 돌아가면서도 믿으라고만 한다.
찰나의 연속, 순리에 적응하며 기약 없는 길

시공을 초월한 사모하는 그곳을 그리워하며
삶의 의미를 찾기 위해 나그네처럼 떠돈다.

머물다가 그리고 다시 떠나는 인생의 고된 걸음
그리고 조금씩 가까워지는 안식처를 찾아 떠나는

소우주의 역사를 만들며 그냥 한 걸음씩 간다.
순례자처럼…….

세미한 음성

틀어놓은 음악 소리까지 먹어 치우고
늘상 보는 화초의 생기가 오늘은 더욱 푸석해 보이고.
아직은 잠의 껍질 속에 숨죽인 설란의 숨소리마저 삼켜버린다.

달리는 주검의 시계는 계속 멈춰 있기 바라는데
단단하게 밀봉된 콘크리트 벽 속에서도 멈추지 않는
과속하는 초침이 원망스럽다.

벽을 치고 바닥을 후비며 흘러가는 저 소리에 매료된 나의 뇌리는
잠시 실종되어 회로의 파장을 망각하고 떨어지는 물방울의 파편에
싸늘한 메아리로 돌아오고야 만다.

잠시나 나의 감정의 떨림을 제치고 황홀함을 느끼게 했던
세미한 음성은 사라지고
또다시 혼탁한 세계의 미처 헤아리지 못한 숫자 공부를 해야 하리라.

대지의 한 끼 식사가 끝날 무렵 이제야 부스러기 잠을 주워 담는다.
어두운 강과 광야를 지나서 작은 징검다리를 놓는 그 날까지
그 음성을 지켜보리라.

이것도 결국 한 곳에 귀결될 것을..

붉은 손

함께한 시간 속에 존재만의 이유로
나눌 수 있는 그대가 있어 행복해.

외로움에 고독의 사위를 당겨도
지켜주는 그대가 있어 행복해.

세상의 무게 속에 힘들어도
위로하는 그대가 있어 행복해.

막혀버린 영혼 열고서
감성을 열어준 그대가 있어 행복해.

무질서와 변화 속에도
진리를 알게 해준 그대가 있어 행복해.

배신과 아픔 속에 눈물 흘릴 때
어루만진 붉은 손 그대가 있어 행복해.

당신을 잊고 돌아선 못난 내 영혼
잊지 않고 지켜준 그대가 있어 감사해.

좌절과 아픔 속에 소망을 알게 한
그대가 있어 오늘도 행복합니다.

부활

고요한 새벽
초침은 밤이 섧다 울어대고
하루의 주검을 밟아선 고요함은
애달픔 더욱 아픈 것을……

새벽녘 창을 열면 하루가 들어오고
비에 젖어 축 처진 이파리들
새벽 비의 방문에 놀란다.

지우고 또 지우는 혈서 같은 알갱이
조금씩 기지개를 켠다.
세월 가면 흙이 되어 버릴
육신의 한 조각 부여잡고
조금씩 밤의 무덤에서 손짓한다.

가버려도 모두 떠나도 남는 것은 그대뿐인데
고독의 아픔보다 당신과의 이별이 싫기에
이 새벽 너와 함께 또 하루를 이별한다.
먼 훗날의 벌거숭이를 위해서 그리고 영혼의 성숙을 위해....

소 망

내가 당신 앞에 엎드릴 때마다
눈물이 나는 것은
모든 세상의 욕심과 부족한 못남을
당신의 사랑의 옷으로 가리고
엎드릴 수 있는 이 환경을 주심에 흘리는
감사의 눈물입니다.

내가 당신 앞에 엎드릴 때마다
눈물이 나는 것은
의지할 곳 없는 세상에
거두어 주신 한량없는 사랑에 감사함에
흘리는 눈물입니다.

내가 당신 앞에 엎드릴 때마다
눈물이 나는 것은
입술만으로 기도하고 찬양하는
나의 한없는 부끄러움에도
지켜주심에 대한 감사함입니다.

주님
당신에게 바치는 생명의 마지막
한 줌의 호흡까지도
찬양의 소리로 들리게 하시고
주님의 음성이 세상의 소망으로
전하여지게 하옵소서.

기도는

기도는 당신과의 영적인 대화입니다.
세상과의 단절된 당신의 호흡을 느낍니다.

기도는 몸부림입니다.
상처받은 영혼의 치유를 위한 몸부림입니다.

기도는 당신과 나만의 밀회입니다.
전능함을 의지하여 매달리는 간절함입니다.

기도는 아버지께 매달리는 어린이의 어리광입니다.
모든 것을 의지하는 순수함으로 나갑니다.

기도는 항복입니다.
모든 것을 내어놓고 비우고 나갑니다.

기도는 눈물의 결정체입니다.
그저 아무런 말도 필요 없이 엎드릴 뿐입니다.

기도는 영혼의 양식입니다.
기도를 통해 숙성해지는 자신을 느낍니다.

나의 기도 1

언젠가 당신께 소명을 허락해 달라고 외치며
눈물 뿌리며 기도를 하였습니다.
내 영혼과 육신을 당신께 드리고자
헌신도 하였습니다.

세상의 무거운 짐
너무 힘들어 지친 영혼으로 당신께 나갈 때
쏟아지는 눈물만으로 아무런 말도 못 하고
울기만 하였습니다.

신뢰받기를 원하고
배신의 두려움에 떨면서 외로움에 울며
당신께 매달리기도 했습니다.

당신이 주신 소명을 위해 전심으로 헌신도 하였습니다.
하지만 세월이 흘러 돌이켜 보니 당신을 위한
모든 노력이 교만과 허식이란 것을 알았습니다.

기도의 응답을 기다리며 야속한 당신께
눈물 뿌리며 원망도 하였습니다.
자신의 허물과 죄로 인해 기도할 때
약속한 서원을 지키지 못했습니다.

주님! 저는 영원한 안식을 위해 기도하지 않겠습니다.
당신 보시기에 안타깝고 초라한 부족한 심령이
오직 용서만을 받기만 원합니다.

순종하는 삶과 내 속의 또 다른 나에게
늘 승리하는 삶을 위해 기도할 뿐입니다.

나의 기도 2 (침묵)

당신은 부족함도 부족함으로 보지 않고
넘치게 하시는 당신입니다.
낙심한 것을 포기하지 않게 하는
위대한 당신입니다.
미천함에도 귀함으로 채우시고
보혜사를 주시는 당신입니다

내가 원하는 것 다 가져가시고
버림받고 외면당했습니다.
소명인 줄 알고 일생을 보낸 소망까지도....
내가 헐벗고 멸시 당해도
내가 당신을 원망해도 당신은 침묵했습니다.

당신의 오랜 침묵에 이제 나는 무릎을 꿇습니다.
하지만 다만 엎드릴 뿐입니다.
내 입의 찬양은 제단의 향기가 되고
믿을 수 없는 세상을 회칠하고 싶어도
그것도 능력이 없네요.

세상의 굴레에 헤어나지 못하는
아픔의 절규에도 당신은 외면합니다.
얼마나 긴 시간이 필요한가요?
믿음이 없다고요? 그럼 믿음을 주십시오.
방황으로부터 당신의 집으로 갈 수 있는 빛을 주십시오.

열리는 소리

어둠이 사라지고 하늘 열리는 소리
가슴을 열면 또다시
어제의 사라진 아픔이 모여든다.

밤새워 울어 지쳐버린
아픔이 엉겨서
어둠을 울어 깨운 이 새벽이
숨 가쁜 호흡으로 다가온다.

어둠에서 밝음으로 한 걸음은
영원으로 나아가는 기도의 아침
새벽이 열리는 아침은
내 영혼이 열리는 소리이다.

세상에서 가장 행복한 사람

주님 가장 진솔한 마음으로 엎드리게 하소서
엎드려 슬퍼할 때 위로받게 하소서
여유를 가질 때 더욱 감사하게 하시고
당신의 은총을 알게 하소서.

세상에서 가장 슬픈 회개로 나아가게 하소서
늘 당신께 나아갈 때 겸손하게 하시고
늘 주님을 경외하는 마음 넘치게 하소서
항상 스스로 내 모습이 보이게 하소서

주님 앞에 설 때
항상 충성된 자로서 나가게 하소서
말씀에 순종하며 열정으로 사명 감당하게 하시고
항상 주님을 그리워함이 간절하게 하소서

주님 오직 듣고 싶은 한마디

내가 용서할게....
내가 너 아픔 알고 있다....
내가 사랑하잖아....
이기게 할게 안심해야지....
그러면 나는 세상에서 최고 행복한 사람

용서

용서란 모르고 가슴에 못 박힌 쓴 뿌리
그대들을 향한 원망보다 내가 먼저
용서해야 하는 것을 알 때
내 가슴의 응어리는 사라지고

가슴속에 흐느끼는 당신의 음성
내가 너희를 용서하는데
왜 용서하지 못하느냐
당신의 흐느낌에 나는 울었고
그리고 용서하였다.

주님은 세상의 비방과 조롱 속에
세상의 모든 영혼들을
용서하였다.
눈물로 용서하였고
보혈로 구원하였다.

사랑과 용서가 하나임을
알지 못했던 날들이 후회스럽고
세상을 용서하던 날,
내 가슴에 가득 찬 것은 환희의 눈물이었다.

사랑은
시를
만들고

염규식 시집

2020년 10월 15일 초판 1쇄
2020년 10월 21일 발행
지 은 이 : 염규식
펴 낸 이 : 김락호
디자인 편집 : 이은희
기 획 : 시사랑음악사랑
연 락 처 : 1899-1341
홈페이지 주소 : www.poemmusic.net
E-Mail : poemarts@hanmail.net

정가 : 10,000원
ISBN : 979-11-6284-238-6